孩子，生活本来自在又有趣

梁实秋　汪曾祺　丰子恺 等著

中国妇女出版社

图书在版编目（CIP）数据

孩子，生活本来自在又有趣 / 梁实秋等著. -- 北京 ：
中国妇女出版社，2024.3
ISBN 978-7-5127-2360-3

Ⅰ.①孩… Ⅱ.①梁… Ⅲ.①散文集－中国－现代②
散文集－中国－当代 Ⅳ.①I266

中国国家版本馆CIP数据核字（2024）第003502号

责任编辑：门 莹 郭丽丽
封面设计：主语设计
责任印制：李志国

出版发行：中国妇女出版社
地 址：北京市东城区史家胡同甲24号 邮政编码：100010
电 话：（010）65133160（发行部） 65133161（邮购）
网 址：www.womenbooks.cn
邮 箱：zgfncbs@womenbooks.cn
法律顾问：北京市道可特律师事务所
经 销：各地新华书店
印 刷：天津旭丰源印刷有限公司

开 本：145mm×210mm 1/32
印 张：7
字 数：100千字
版 次：2024年3月第1版 2024年3月第1次印刷
定 价：49.80元

如有印装错误，请与发行部联系

目录 | CONTENTS

第二章　静观万物皆自得

第三章　人间有味是清欢

第四章　回到你的精神故乡

第一章

日子越简单，越自由

世故三昧

鲁迅

人世间真是难处的地方，说一个人“不通世故”，固然不是好话，但说他“深于世故”也不是好话。“世故”似乎也像“革命之不可不革，而亦不可太革”一样，不可不通，而亦不可太通的。

然而据我的经验，得到“深于世故”的恶谥者，却还是因为“不通世故”的缘故。

现在我假设以这样的话，来劝导青年人——

“如果你遇见社会上有不平事，万不可挺身而出，讲公道话，否则，事情倒会移到你头上来，甚至于会被指作反动分子的。如果你遇见有人被冤枉，被诬陷的，即使明知道他是好人，也万不可挺身而出，去给他解释或分辩，否则，你就会被人说是他的亲戚，或得了他的贿赂；倘使那是女人，就要被疑为她的情人的；如果他较有名，那便是党羽。例如我自己罢，给一个毫不相干的女士做了一篇信札集的序，人们就说她是我的小姨；绍介一点科学的文艺理论，人们就说得了苏联的卢布。亲戚和金钱，在目下的中国，关系也真是大，事实给与了教训，人们看惯了，以为人人都脱不了这关系，原也无足深怪的。

“然而，有些人其实也并不真相信，只是说着玩玩，有趣有趣的。即使有人为了谣言，弄得凌迟碎剐，像明末的郑鄤那样了，和自己也并不相干，总不如有趣的紧要。这时你如果去辨正，那就是使大家扫兴，结果还是你自己倒楣。我也有一个经验，那是十多年前，我在教育部里做“官僚”，常听得同事说，某女学校的学生，是可以叫出来嫖的，连机关的地址门牌，也说得明明白白。有一回我偶然走过这条街，一个人对于坏事情，是记性好一点的，我记起来了，便留心着那门牌，但这一号，却是一块小空地，有一口大井，一间很破烂的小屋，是几个山东人住着卖水的地方，决计做不了别用。待到他们又在谈着这事的时候，我便说出我的所见来，而不料大家竟笑容尽敛，不欢而散了，此后不和我谈天者两三月。我事后才悟到打断了他们的兴致，是不应该的。

“所以，你最好是莫问是非曲直，一味附和着大家；但更好是不开口；而在更好之上的是连脸上也不显出心里的是非的模样来……”

这是处世法的精义，只要黄河不流到脚下，炸弹不落在身边，可以保管一世没有挫折的。但我恐怕青年人未必以我的话为然；便是中年，老年人，也许要以为我是在教坏了他们的子弟。呜呼，那么，一片苦心，竟是白费了。

然而倘说中国现在正如唐虞盛世，却又未免是“世故”之谈。耳闻目睹的不算，单是看看报章，也就可以知道社会上有多少不平，人们有多少冤抑。但对于这些事，除了有时或有同业，同乡，同族的人们来说几句呼吁的话之外，利害无关的人的义愤的声音，我们是很少听到的。这很分明，是大家不开口；或者以为和自己不相干；或者连“以为和自己不相干”的意思也全没有。“世故”深到不自觉其“深于世故”，这才真是“深于世故”的了。这是中国处世法的精义中的精义。

而且，对于看了我的劝导青年人的话，心以为非的人物，我还有一下反攻在这里。他是以我为狡猾的。但是，我的话里，一面固然显示着我的狡猾，而且无能，但一面也显示着社会的黑暗。他单责个人，正是最稳妥的办法，倘使兼责社会，可就得站出去战斗了。责人的“深于世故”而避开了“世”不谈，这是更“深于世故”的玩意，倘若自己不觉得，那就更深更深了，离三昧境盖不远矣。

不过凡事一说，即落言筌，不再能得三昧。说“世故三昧”者，即非“世故三昧”。三昧真谛，在行而不言；我现在一说“行而不言”，却又失了真谛，离三昧境盖益远矣。

一切善知识，心知其意可也，唵！

快　乐

梁实秋

天下最快乐的事大概莫过于做皇帝。“首出庶物，万国咸宁。”至不济可以生杀予夺，为所欲为。至于后宫粉黛三千，御膳八珍罗列，更是不在话下。清乾隆皇帝，“称八旬之觞，镌十全之宝”，三下江南，附庸风雅。那副志得意满的神情，真是不能不令人兴起“大丈夫当如是也”的感喟。

在穷措大眼里，九五之尊，乐不可支。但是试问古今中外的皇帝于地下，问他们一生中是否全是快乐，答案恐怕相当复杂。西班牙国王拉曼三世（Abder Rahman Ⅲ，

960）说过这么一段话：

> 我于胜利与和平之中统治全国约五十年，为臣民所爱戴，为敌人所畏惧，为盟友所尊敬。财富与荣誉，权力与享受，呼之即来，人世间的福祉，从不缺乏。在这情形之中，我曾勤加计算，我一生中纯粹的真正幸福日子，总共仅有十四天。

御宇五十年，仅得十四天真正幸福日子。我相信他的话。宸谟睿略，日理万机，很可能不如闲云野鹤之怡然自得。于此我又想起从一本英语教科书上读到一篇寓言。题目是《一个快乐人的衬衫》。某国王，端居大内，抑郁寡欢，虽极耳目声色之娱，而王终不乐。左右纷纷献计，有一位大臣言道：如果在国内找到一位快乐的人，把他的衬衫脱下来，给国王穿上，国王就会快乐。王韪其言，于是使者四出寻找快乐的人。访遍了朝廷显要，朱门豪家，人人都有心事，家家都有一本难念的经，都不快乐。最后找到一位农夫，他耕罢在树下乘凉，裸着上身，大汗淋漓。使者问他："你快乐吗？"农夫说："我自食其力，无忧无虑！快乐极了！"使者大喜，便索取他的衬衣。农夫说："哎呀！我没有衬衣。"这位农夫颇似我们的禅门之"一丝不挂"。

常言道，"境由心生"，又说"心本无生因境有"。总之，快乐是一种心理状态。内心湛然，则无往而不乐。吃饭睡觉，稀松平常之事，但是其中大有道理。大珠《顿悟入道要门论》："有源律师来问：'和尚修道，还用功否？'师曰：'用功。'曰：'如何用功？'师曰：'饥来吃饭，困来即眠。'曰：'一切人总如是，同师用功否？'师曰：'不同。'曰：'何故不同？'师曰：'他吃饭时不肯吃饭，百种须索；睡时不肯睡，千般计较。所以不同也。'律师杜口。"可是修行到心无挂碍，却不是容易事。我认识一位唯心论的学者，平素昌言意志自由，忽然被人绑架，系于暗室十有余日，备受凌辱，释出后他对我说："意志自由固然不诬，但是如今我才知道身体自由更为重要。”常听人说烦恼即菩提，我们凡人遇到烦恼只是深感烦恼，不见菩提。快乐是在心里，不假外求，求即往往不得，转为烦恼。叔本华的哲学是：苦痛乃积极的实在的东西，幸福快乐乃消极的根本不存在的东西。所谓快乐幸福乃是解除苦痛之谓。没有苦痛便是幸福。再进一步看，没有苦痛在先，便没有幸福在后。梁任公先生曾说：“人生最快乐的事，莫过于看着一件工作的完成。”在工作过程之中，有苦恼也有快乐；等到大功告成，那一份“如愿以偿”的快乐便是至高无上的幸福了。

有时候，只要把心胸敞开，快乐也会逼人而来。这个世界，这个人生，有其丑恶的一面，也有其光明的一面。良辰美景，赏心乐事，随处皆是。智者乐水，仁者乐山。雨有雨的趣，晴有晴的妙。小鸟跳跃啄食，猫狗饱食酣睡，哪一样不令人看了觉得快乐？就是在路上，在商店里，在机关里，偶尔遇到一张笑容可掬的脸，能不令人快乐半天？有一回我住进了医院里，僵卧了十几天，病愈出院，刚迈出大门，陡见日丽中天，阳光普照，照得我睁不开眼，又见市廛熙攘，光怪陆离，我不由得从心里欢叫起来：“好一个艳丽盛装的世界！”

“幸遇三杯酒美，况逢一朵花新？”我们应该快乐。

学会艺术的生活

丰子恺

原本我们初生入世的时候，最初并不提防到这世界是如此狭隘而使人窒息的。

我们虽然由儿童变成大人，然而我们这心灵是始终一贯的心灵，即依然是儿时的心灵，只不过经过许久的压抑，所有的怒放的、炽热的感情的萌芽，屡被磨折，不敢再发生罢了。这种感情的根，依旧深深地伏在做大人后的我们的心灵中。这就是“人生的苦闷”根源。

我们谁都怀着这苦闷，我们总想发泄这苦闷，以求一次人生的畅快。艺术的境地，就是我们所开辟的、来发泄这生的苦闷的乐园。我们的身体被束缚于现实，匍匐在地上。然而我们在艺术的生活中，可以暂时放下我们的一切压迫与负担，解除我们平日处世的苦心，而做真的自己的生活，认识自己的奔放的生命。我们可以瞥见“无限”的姿态，可以体验人生的崇高、不朽，而发现生的意义与价值了。艺术教育，就是教人以这艺术的生活的。知识、道德，在人世间固然必要，然倘若缺乏这种艺术的生活，纯粹的知识与道德全是枯燥的法则的网。这网愈加繁多，人生愈加狭隘。

所谓艺术的生活，就是把创作艺术、鉴赏艺术的态度来应用在人生中，即教人在日常生活中看出艺术的情味来。倘能因艺术的修养，而得到了梦见这美丽世界的眼睛，我们所见的世界，就处处美丽，我们的生活就处处滋润了。

艺术教育就是教人用像作画、看画一样的态度来对世界；换言之，就是教人学做孩子，就是培养小孩子的这点“童心”，使他们长大以后永不泯灭。童心，在大人就是一种“趣味”。培养童心，就是涵养趣味。大人与孩子，分居两个不同的世界。儿童对于人生自然，另取一种特殊的态度，即对于人生自然的“绝缘”的看法。哲学地考察起来，“绝缘”的正是世界的“真相”，即艺术的世界正是真的世界。人类最初，天生是和平的、爱的。所以小孩子天生有艺术态度的基础。世间教育儿童的人，父母、老师，切不可斥儿童的痴呆，切不可把儿童大人化，宁可保留、培养他们的一点痴呆，直到成人以后。因为这痴呆就是童心。童心，在大人就是一种“趣味”。培养童心，就是涵养趣味。小孩子的生活，全是趣味本位的生活。我所谓培养，就是做父母、做老师的人，应该乘机助长，修正他们的对于事物的看法。要处处离去因袭，不守传统，不照习惯，而培养其全新的、纯洁的“人”的心。对于世间事物，处处要教他用这个全新的纯洁的心来领受，或用这个全新的纯洁的心来批判选择而实行。

认识千古大谜的宇宙与人生的，便是这个心。得到人生的最高愉悦的，便是这个心。赤子之心。

孟子说："大人者，不失其赤子之心者也。"所谓赤子之心，就是孩子的本来的心，这心是从世外带来的，不是经过这世间的造作后的心。明言之，就是要培养孩子的纯洁无疵、天真烂漫的真心，使成人之后，"不为物诱"，能主动地观察世间，矫正世间，不致被动地盲从这世间已成的习惯，而被世间结成的罗网所羁绊。

常人抚育孩子，到了渐渐成长，渐渐脱去其痴呆的童心而成为大人模样的时代，父母往往喜慰，实则这是最可悲哀的现状！因为这是尽行放失其赤子之心，而为现世的奴隶了。

自得其乐

汪曾祺

孙犁同志说写作是他的最好的休息。是这样。一个人在写作的时候是最充实的时候，也是最快乐的时候。凝眸既久（我在构思一篇作品时，我的孩子都说我在翻白眼），欣然命笔，人在一种甜美的兴奋和平时没有的敏锐之中，这样的时候，真是虽南面王不与易也。写成之后，觉得不错，提刀却立，四顾踌躇，对自己说："你小子还真有两下子！"此乐非局外人所能想象。但是一个人不能从早写到晚，那样就成了一架写作机器，总得岔乎岔乎，找点事情消遣消遣，通常说，得有点业余爱好。

我年轻时爱唱戏。起初唱青衣，梅派；后来改唱余派老生。大学三四年级唱了一阵昆曲，吹了一阵笛子。后来到剧团工作，就不再唱戏吹笛子了，因为剧团有许多专业名角，在他们面前吹唱，真成了班门弄斧，还是以藏拙为好。笛子本来还可以吹吹，我的笛风甚好，是“满口笛”，但是后来没法再吹，因为我的牙齿陆续掉光了，撒风漏气。

这些年来我的业余爱好，只有：写写字、画画画、做做菜。

我的字照说是有些基本功的。当然从描红模子开始。我记得我描的红模子是：“暮春三月，江南草長，雜花生樹，群鶯亂飛。”这十六个字其实是很难写的，也许是写红模子的先生故意用这些结体复杂的字来折磨小孩子，而且红模子底子是欧字，这就更难落笔了。不过这也有好处，可以让孩子略窥笔意，知道字是不可以乱写的。大概在我十一二岁的时候，那年暑假，我的祖父忽然高了兴，要亲自教我《论语》，并日课大字一张，小字二十行。大字写《圭峰碑》、小字写《闲邪公家传》，这两本帖都是祖父从他的藏帖中选出来的。祖父认为我的字有点才分，奖了我一块猪肝紫端砚，是圆的，并且拿了几本初拓的字帖给我，让我常看看。我记得有小字《麻姑仙坛》、虞世南的《夫子庙堂碑》、褚遂良的《圣教序》。小学毕业的暑假，我在三姑父家从一个姓韦的先生读桐城派古文，并跟他学写字。韦先生是写魏碑的，但他让我临的却是《多宝塔》。初一暑假，我父亲拿了一本影印的《张猛龙碑》，说："你最好写写魏碑，这样字才有骨力。"我于是写了相当长时期《张猛龙》。用的是我父亲选购来的特殊的纸。这种纸是用稻草做的，纸质较粗，也厚，写魏碑很合适，用笔须沉着，不能浮滑。这种纸一张有二尺高，尺半宽，我每天写满一张。写《张猛龙》使我终身受益，到现在我的字的间架用笔还能看出痕迹。这以后，我没有认真临过帖，平常只是读帖而已。我于二王书未窥门径。写过一个很短时期的《乐毅论》，放下了，因为我很懒。《行穰》《丧乱》等帖我很欣赏，但我知道我写不来那样的字。我觉得王大令的字的确比王右军写得好。读颜真卿的《祭侄文》，觉得这才是真正的颜字，并且对颜书从二王来之说很信服。大学时，喜读宋四家。有人说中国书法一坏于颜真卿，二坏于宋四家，这话有道理。但我觉得宋人书是书法的一次解放，宋人字的特点是少拘束，有个性，我比较喜欢蔡京和米芾的字（苏东坡字太俗，黄山谷字做作）。有人说米字不可多看，多看则终身摆脱不开，想要升入晋唐，就不可能了。一点不错。但是有什么办法呢！打一个不太好听的比方，一写米字，犹如寡妇失了身，无法挽回了。我现在写的字有点《张猛龙》的底子、米字的意思，还加上一点乱七八糟的影响，形成我自己的那么一种体，格韵不高。

我也爱看汉碑。临过一遍《张迁碑》，《石门铭》《西狭颂》看看而已。我不喜欢《曹全碑》。盖汉碑好处全在筋骨开张，意态从容，《曹全碑》则过于整饬了。

我平日写字，多是小条幅，四尺宣纸一裁为四。这样把书桌上书籍信函往边上推推，摊开纸就能写了。正儿八经地拉开案子，铺了画毡，着意写字，好像练了一趟气功，是很累人的。我都是写行书。写真书，太吃力了。偶尔也写对联。曾在大理写了一副对子：

苍山负雪

洱海流云

字大径尺。字少，只能体兼隶篆。那天喝了一点酒，字写得飞扬霸悍，亦是快事。对联字稍多，则可写行书。为武夷山一招待所写过一副对子：

四围山色临窗秀

一夜溪声入梦清

字颇清秀，似明朝人书。

我画画，没有真正的师承。我父亲是个画家，画写意花卉，我小时爱看他画画，看他怎样布局（用指甲或笔杆的一头划几道印子），画花头，定枝梗，布叶，勾筋，收拾，题款，盖印。这样，我对用墨，用水，用色，略有领会。我从小学到初中，都“以画名”。初二的时候，画了一幅墨荷，裱出后挂在成绩展览室里。这大概是我的画第一次上裱。我读的高中重数理化，功课很紧，就不再画画。大学四年，也极少画画。工作之后，更是久废画笔了。当了右派，下放到一个农业科学研究所，结束劳动后，倒画了不少画，主要的“作品”是两套植物图谱，一套《中国马铃薯图谱》、一套《口蘑图谱》，一是淡水彩，一是钢笔画。摘了帽子回京，到剧团写剧本，没有人知道我能画两笔。重拈画笔，是运动促成的。运动中没完没了地写交代，实在是烦人，于是买了一刀元书纸，于写交代之空隙，瞎抹一气，少抒郁闷。这样就一发而不可收，重新拾起旧营生。有的朋友看见，要了去，挂在屋里，被人发现了，于是求画的人渐多。我的画其实没有什么看头，只是因为是作家的画，比较别致而已。

我也是画花卉的。我很喜欢徐青藤、陈白阳，喜欢李复堂，但受他们的影响不大。我的画不中不西，不今不古，真正是“写意”，带有很大的随意性。曾画了一幅紫藤，满纸淋漓，水气很足，几乎不辨花形。这幅画现在挂在我的家里。我的一个同乡来，问：“这画画的是什么？”我说是：“骤雨初晴。”他端详了一会儿，说：“�託，经你一说，是有点那个意思！”他还能看出彩墨之间的一些小块空白，是阳光。我常把后期印象派方法融入国画。我觉得中国画本来都是印象派，只是我这样做，更是有意识的而已。

画中国画还有一种乐趣，是可以在画上题诗，可寄一时意兴，抒感慨，也可以发一点牢骚，曾用干笔焦墨在浙江皮纸上画冬日菊花，题诗代简，寄给一个老朋友，诗是：

新沏清茶饭后烟，
自搔短发负晴暄，
枝头残菊开还好，

留得秋光过小年。

为宗璞画牡丹，只占纸的一角，题曰：

人间存一角，
聊放侧枝花，
欣然亦自得，
不共赤城霞。

宗璞把这首诗念给冯友兰先生听了，冯先生说：“诗中有人。”

今年洛阳春寒，牡丹至期不开。张抗抗在洛阳等了几天，败兴而归，写了一篇散文《牡丹的拒绝》。我给她画了一幅画，红叶绿花，并题一诗：

看朱成碧且由他，
大道从来直似斜。

见说洛阳春索寞，

牡丹拒绝著繁花。

我的画，遣兴而已，只能自己玩玩，送人是不够格的。最近请人刻一闲章："只可自怡悦"，用以押角，是实在话。

体力充沛，材料凑手，做几个菜，是很有意思的。做菜，必须自己去买菜。提一菜筐，逛逛菜市，比空着手遛弯儿要"好白相"。到一个新地方，我不爱逛百货商场，却爱逛菜市，菜市更有生活气息一些。买菜的过程，也是构思的过程。想炒一盘雪里蕻冬笋，菜市场冬笋卖完了，却有新到的荷兰豌豆，只好临时"改戏"。做菜，也是一种轻量的运动。洗菜，切菜，炒菜，都得站着（没有人坐着炒菜的），这样对成天伏案的人，可以改换一下身体的姿势，是有好处的。

做菜待客，须看对象。聂华苓和保罗·安格尔夫妇到北京来，中国作协不知是哪一位，忽发奇想，在宴请几次后，让我在家里做几个菜招待他们，说是这样别致一点。我给做了几道菜，其中有一道煮干丝，这是淮扬菜。华苓是湖北人，年轻时是吃过的。但在美国不易吃到。她吃得非常惬意，连最后剩的一点汤都端起碗来喝掉了。不是这道菜如何稀罕，我只是有意逗引她的故国乡情耳。台湾女作家陈怡真（我在美国认识她）到北京来，指名要我给她做一回饭。我给她做了几个菜，一个是干烧小萝卜，我知道台湾没有“杨花萝卜”（只有白萝卜）。那几天正是北京小萝卜长得最足最嫩的时候。这个菜连我自己吃了都很惊诧：味道鲜甜如此！我还给她炒了一盘云南的干巴菌。台湾咋会有干巴菌呢？她吃了，还剩下一点，用一个塑料袋包起，说带到宾馆去吃。如果我给云南人炒一盘干巴菌，给扬州人煮一碗干丝，那就成了鲁迅请曹靖华吃柿霜糖了。

做菜要实践。要多吃，多问，多看（看菜谱），多做。一个菜点得试烧几回，才能掌握咸淡火候。冰糖肘子、乳腐肉，何时软入味，只有神而明之，但更重要的是要富于想象。想得到，才能做得出。我曾用家乡拌荠菜法凉拌菠菜。半大菠菜（太老太嫩都不行），入开水锅焯至断生，捞出，去根切碎，入少盐，挤去汁，与香干（北京无香干，以熏干代）细丁、虾米、蒜末、姜末一起，在盘中抟成宝塔状，上桌后淋以麻油酱醋，推倒拌匀。有余姚作家尝后，说是“很像马兰头”。这道菜成了我家待不速之客的应急的保留节目。有一道菜，敢称是我的发明：塞肉回锅油条。油条切段，寸半许长，肉馅剁至成泥，入细葱花、少量榨菜或酱瓜末拌匀，塞入油条段中，入半开油锅重炸。嚼之酥碎，真可声动十里人。

我很欣赏杨恽《报孙会宗书》：“田彼南山，芜秽不治。种一顷豆，落而为萁。人生行乐耳，须富贵何时。”“人生行乐耳，须富贵何时”，说得何等潇洒。不知道为什么，汉宣帝竟因此把他腰斩了，我一直想不透。这样的话，也不许说吗？

闲 暇

梁实秋

英国十八世纪的笛福，以《鲁滨孙漂流记》一书闻名于世，其实他写小说是在近六十岁才开始的，他以前的几十年写作差不多全是以新闻记者的身份所写的散文。最早的一本书一六九七年刊行的《设计杂谈》（*An Essay upon Projects*）是一部逸趣横生的奇书，我现在不预备介绍此书的内容，我只要引其中的一句话："人乃是上帝所创造的最不善于谋生的动物；没有别的一种动物曾经饿死过；外界的大自然给他们预备了衣与食；内心的自然本性给他们安设了一种本能，永远会指导他们设法谋取衣食；但是人必须工作，否则就挨饿，必须做奴役，否则就得死；他固然是有理性指导他，很少人服从理性指导而沦于这样不幸的状态；但是一个人年轻时犯了错误，以致后来颠沛困苦，没有钱，没有朋友，没有健康，他只好死于沟壑，或是死于一个更恶劣的地方，医院。”这一段话，不可以就表面字义上去了解，须知笛福是一位“反语”大师，他惯说反话。人为万物之灵，谁不知道？事实上在自然界里一大批一大批饿死的是禽兽，不是人。人要适合于理性的生活，要改善生活状态，所以才要工作。笛福本人是工作极为勤奋的人，他办刊物、写文章、做生意，从军又服官，一生忙个不停。就是在这本《设计杂谈》里，他也提出了许多高瞻远瞩的计划，像预言一般后来都一一实现了。

人辛勤困苦地工作，所为何来？夙兴夜寐，胼手胝足，如果纯是为了温饱像蚂蚁、蜜蜂一样，那又何贵乎做人？想起罗马皇帝玛可斯奥瑞利阿斯的一段话：

“在天亮的时候，如果你懒得起床，要随时作如是想：‘我要起来，去做一个人的工作。’我生来就是为了做那工作的，我来到世间就是为了做那工作的，那么现在就去做那工作又有什么可怨的呢？我既是为了这工作而生的，那么我应该蜷卧在被窝里取暖吗？‘被窝里较为舒适呀。’那么你是生来为了享乐的吗？简言之，我且问汝，你是被动地还是主动地要有所作为？试想每一个小的植物，每一小鸟、蚂蚁、蜘蛛、蜜蜂，他们是如何地勤于操作，如何地克尽厥职，以组成一个有秩序的宇宙。那么你可以拒绝去做一个人的工作吗？自然命令你做的事还不赶快地去做吗？‘但是一些休息也是必要的呀。’这我不否认。但是根据自然之道，这也要有个限制，犹如饮食一般。你已经超过限制了，你已经超过足够的限量了。但是讲到工作你却不如此了，多做一点你也不肯。”

这一段策励自己勉力工作的话，足以发人深省，其中“以组成一个有秩序的宇宙”一语至堪玩味。使我们不能不想起古罗马的文明秩序是建立在奴隶制度之上的。有劳苦的大众在那里辛勤地操作，解决了大家的生活问题，然后少数的上层社会人士才有闲暇去做“人的工作”。大多数人是蚂蚁、蜜蜂，少数人是人。做“人的工作”需要有闲暇。所谓闲暇，不是饱食终日无所用心之谓，是免于蚂蚁、蜜蜂般的工作之谓。养尊处优，嬉遨惰慢，那是蚂蚁、蜜蜂之不如，还能算人！靠了逢迎当道，甚至为虎作伥，而猎取一官半职或是分享一些残羹剩炙，那是帮闲或是帮凶，都不是人的工作。奥瑞利阿斯推崇工作之必要，话是不错，但勤于操作亦应有个限度，不能像蚂蚁、蜜蜂那样的工作。劳动是必需的，但劳动不应该是终极的目标。而且劳动亦不应该由一部分负担而令另一部分坐享其成果。

人类最高理想应该是人人能有闲暇，于必须的工作之余还能有闲暇去做人，有闲暇去做人的工作，去享受人的生活。我们应该希望人人都能属于“有闲阶级”。有闲阶级如能普及于全人类，那便不复是罪恶。人在有闲的时候才最像是一个人。手脚相当闲，头脑才能相当地忙起来。我们并不向往六朝人那样萧然若神仙的样子，我们却企盼人人都能有闲去发展他的智慧与才能。

我的理想家庭

老舍

一个二十多岁的小伙子，讲恋爱，讲革命，讲志愿，似乎天地之间，唯我独尊，简直想不到组织家庭——结婚既是爱的坟墓，家庭根本上是英雄好汉的累赘。及至过了三十，革命成功与否，事情好歹不论，反正领略够了人情世故，壮气就差点事儿了。虽然明知家庭之累，等于投胎为马为牛，可是人生总不过如此，多少也都得经验一番，既不坚持独身，结婚倒也还容易。于是发帖子请客，笑着开驶倒车，苦乐容或相抵，反正至少凑个热闹。到了四十，儿女已有二三，贫也好富也好，自己认头苦曳，对于年轻的朋友，已经有好些个事儿说不到一处，而劝告他们老老实实地结婚，好早生儿养女，即话不投缘的一例。到了这个年纪，设若还有理想，必是理想的家庭。倒退二十年，连这么一想也觉泄气。人生的矛盾可笑即在于此，年轻力壮，力求事事出轨，决不甘为火车；及至中年，心理的，生理的，种种理的什么什么，都使他不但非作火车不可，且作货车焉。把当初与现在一比较，判若两人，足够自己笑半天的！或有例外，实不多见。

明年我就四十了，已具说理想家庭的资格：大不必吹，盖亦自嘲。

我的理想家庭要有七间小平房：一间是客厅，古玩字画全非必要，只要几张很舒服宽松的椅子，一二小桌。一间书房，书籍不少，不管什么头版与古本，而都是我所爱读的。一张书桌，桌面是中国漆的，放上热茶杯不至烫成个圆白印儿。文具不讲究，可是都很好用。桌上老有一两枝鲜花，插在小瓶里。两间卧室，我独据一间，没有臭虫，而有一张极大极软的床。在这个床上，横睡直睡都可以，不论怎睡都一躺下就舒服合适，好像陷在棉花堆里，一点也不硬碰骨头。还有一间，是预备给客人住的。此外是一间厨房，一个厕所，没有下房，因为根本不预备用仆人。家中不要电话，不要播音机，不要留声机，不要麻将牌，不要风扇，不要保险柜。缺乏的东西本来很多，不过这几项是故意不要的，有人白送给我也不要。

院子必须很大。靠墙有几株小果木树。除了一块长方的土地，平坦无草，足够打开太极拳的，其他的地方就都种着花草——没有一种珍贵费事的，只求昌茂多花。屋中至少有一只花猫，院中至少也有一两盆金鱼；小树上悬着小笼，二三绿蝈蝈随意地鸣着。

这就该说到人了。屋子不多，又不要仆人，人口自然不能很多：一妻和一儿一女就正合适。先生管擦地板与玻璃，打扫院子，收拾花木，给鱼换水，给蝈蝈一两块绿黄瓜或几个毛豆；并管上街送信买书等事宜。太太管做饭，女儿任助手——顶好是十二三岁，不准小也不准大，老是十二三岁。儿子顶好是三岁，既会讲话，又胖胖的会淘气。母女于做饭之外，就做点针线，看小弟弟。大件衣服拿到外边去洗，小件的随时自己涮一涮。

既然有这么多工作，自然就没有多少工夫去听戏看电影。不过在过生日的时候，全家就出去玩半天；接一位亲或友的老太太给看家。过生日什么的永远不请客受礼，亲友家送来的红白帖子，就一概扔在字纸篓里，除非那真需要帮助的，才送一些干礼去。到过节过年的时候，吃食从丰，而且可以买一通纸牌，大家打打“索儿胡”，赌铁蚕豆或花生米。

男的没有固定的职业；只是每天写点诗或小说，每千字卖上四五十元钱。女的也没事做，除了家务就读些书。儿女永不上学，由父母教给画图、唱歌、跳舞——乱蹦也算一种舞法——和文字、手工之类。等到他们长大，或者也会仗着绘画或写文章卖一点钱吃饭；不过这是后话，顶好暂且不提。

这一家子人，因为吃得简单干净，而一天到晚又不闲着，所以身体都很不坏。因为身体好，所以没有肝火，大家都不爱闹脾气。除了为小猫上房，金鱼甩子等事着急之外，谁也不急叱白脸的。

大家的相貌也都很体面，不令人望而生厌。衣服可并不讲究，都做得很结实朴素：永远不穿又臭又硬的皮鞋。男的很体面，可不露电影明星气；女的很健美，可不红唇卷毛的鼻子朝着天。孩子们都不卷着舌头说话，淘气而不讨厌。

这个家庭顶好是在北平，其次是成都或青岛，至坏也得在苏州。无论怎样吧，反正必须在中国，因为中国是顶文明顶平安的国家；理想的家庭必在理想的国内也。

养成好习惯

梁实秋

人的天性大致是差不多的，但是在习惯方面却各有不同。习惯是慢慢养成的，在幼小的时候最容易养成，一旦养成之后，要想改变过来却还很不容易。

例如说，清晨早起是一个好习惯，这也要从小时候养成，很多人从小就贪睡懒觉，一遇假日便要睡到日上三竿还高卧不起，平时也是不肯早起，往往蓬首垢面的就往学校跑，结果还是迟到，这样的人长大了之后也常是不知振作，多半不能有什么成就。祖逖闻鸡起舞，那才是志士奋励的榜样。

我们中国人最重礼，因为礼是行为的规范。礼要从家庭里做起。姑举一例：为子弟者“出必告，反必面”，这一点点对长辈的起码的礼，我们是否已经每日做到了呢？我看见有些孩子早晨起来对父母视若无睹，晚上回到家来如入无人之境，遇到长辈常常横眉冷目，不屑搭讪。这样的跋扈乖戾之气如果不早早地纠正过来，将来长大到社会服务，必将处处引起摩擦，不受欢迎。我们不仅对长辈要恭敬有礼，对任何人都应该维持相当的礼貌。

大声讲话，扰及他人的宁静，是一种不好的习惯。我们试自检讨一番，在别人读书、工作的时候是否有过喧哗的行为？我们要随时随地为别人着想，维持公共的秩序，顾虑他人的利益，不可放纵自己；在公共场所人多的地方，要知道依次排队，不可争先恐后地去乱挤。

时间即是生命。我们的生命是一分一秒地在消耗着，我们平常不大觉得，细想起来实在值得警惕。我们每天有许多的零碎时间于不知不觉中浪费掉了。我们若能养成一种利用闲暇的习惯，一遇空闲，无论其为多么短暂，都利用之做一点有益身心之事，则积少成多，终必有成。常听人讲起“消遣”二字，最是要不得，好像是时间太多无法打发的样子，其实人生短促极了，哪里会有多余的时间待人“消遣”？陆放翁有句云：“待饭未来还读书。”我知道有人就经常利用这“待饭未来”的时间读了不少的大书。古人所谓“三上之功”，枕上、马上、厕上，虽不足为训，其用意是在劝人不要浪费光阴。

吃苦耐劳是我们这个民族的标志。古圣先贤总是教训我们要能过得俭朴的生活，所谓“一箪食，一瓢饮”，就是形容生活状态之极端的刻苦，所谓“嚼得菜根”，就是表示一个有志的人之能耐得清寒。恶衣恶食，不足为耻；丰衣足食，不足为荣，这在个人之修养上是应有的认识。罗马帝国盛时的一位皇帝，Marcus Aurelius（马克·奥勒留），他从小就摒绝一切享受，从来不参观那当时风靡全国的赛车、比武之类的娱乐，终其身成为一位严肃的苦修派的哲学家，而且也建立了不朽的事功。这是很值得令人钦佩的。我们中国是一个穷的国家，所以我们更应该体念艰难，弃绝一切奢侈，尤其是从外国来的奢侈。宜从小就养成俭朴的习惯，更要知道物力维艰，竹头木屑，皆宜爱惜。

以上数端不过是偶然拈来，好的习惯千头万绪，“勿以善小而不为”。习惯养成之后，便毫无勉强，临事心平气和，顺理成章。充满良好习惯的生活，才是合于“自然”的生活。

“无事此静坐”

汪曾祺

我的外祖父治家整饬，他家的房屋都收拾得很清爽，窗明几净。他有几间空房，檐外有几棵梧桐，室内有木榻、漆桌、藤椅。这是他待客的地方。但是他的客人很少，难得有人来。这几间房子是朝北的，夏天很凉快。南墙挂着一条横幅，写着五个正楷大字：

“无事此静坐”。

我很欣赏这五个字的意思。稍大后，知道这是苏东坡的诗，下面的一句是：

“一日当两日”。

事实上，外祖父也很少到这里来。倒是我常常拿了一本闲书，悄悄走进去，坐下来一看半天，看起来，我小小年纪，就已经有了一点隐逸之气了。

静，是一种气质，也是一种修养。诸葛亮云：“非淡泊无以明志，非宁静无以致远。”心浮气躁，是成不了大气候的。静是要经过锻炼的，古人叫作“习静”。唐人诗云：“山中习静观朝槿，松下清斋折露葵。”“习静”可能是道家的一种功夫，习于安静确实是生活于扰攘的尘世中人所不易做到的。静，不是一味地孤寂，不闻世事。我很欣赏宋儒的诗：“万物静观皆自得，四时佳兴与人同。”唯静，才能观照万物，对于人间生活充满盎然的兴致。静是顺乎自然，也是合乎人道的。

世界是喧闹的。我们现在无法逃到深山里去，唯一的办法是闹中取静。毛主席年轻时曾采取了几种锻炼自己的方法，一种是“闹市读书”。把自己的注意力高度集中起来，不受外界干扰，我想这是可以做到的。

这是一种习惯，也是环境造成的。我下放张家口沙岭子农业科学研究所劳动，和三十几个农业工人同住一屋。他们吵吵闹闹，打着马锣唱山西梆子，我能做到心如止水，照样看书、写文章。我有两篇小说，就是在震耳的马锣声中写成的。这种功夫，多年不用，已经退步了，我现在写东西总还是希望有个比较安静的环境，但也不必一定要到海边或山边的别墅中才能构思。

大概有十多年了，我养成了静坐的习惯。我家有一对旧沙发，有几十年了。我每天早上泡一杯茶，点一支烟，坐在沙发里，坐一个多小时。虽是块然独坐，然而浮想联翩。一些故人往事，一些声音、一些颜色、一些语言、一些细节，会逐渐在我的眼前清晰起来、生动起来。这样连续坐几个早晨，想得成熟了，就能落笔写出一点东西。我的一些小说散文，常得之于清晨静坐之中。曾见齐白石一小幅画，画的是淡蓝色的野藤花，有很多小蜜蜂，有颇长的题记，说的是他家乡的野藤，花时游蜂无数，他有个孙子曾被蜂螫，现在这个孙子也能画这种藤花了，最后两句我一直记得很清楚："静思往事，如在目底"，这段题记是用金冬心体写的，字画皆极娟好。"静思往事，如在目底。"我觉得这是最好的创作心理状态。就是下笔的时候，也最好心里很平静，如白石老人题画所说："心闲气静时一挥。"

我是个比较恬淡平和的人，但有时也不免浮躁，最近就有点如我家乡话所说"心里长草"。我希望政通人和，使大家能安安静静坐下来，想一点事，读一点书，写一点文章。

第二章

静观万物皆自得

春意挂上了树梢

萧红

三月花还没有开，人们嗅不到花香，只是马路上融化了积雪的泥泞干起来。天空打起朦胧的多有春意的云彩；暖风和轻纱一般浮动在街道上，院子里。春末了，关外的人们才知道春来。春是来了，街头的白杨树蹿着芽，拖马车的马冒着气，马车夫们的大毡靴也不见了，行人道上外国女人的脚又从长筒套鞋里显现出来。笑声，见面打招呼声，又复活在行人道上。商店为着快快地传播春天的感觉，橱窗里的花已经开了，草也绿了，那是布置着公园的夏景。我看得很凝神的时候，有人撞了我一下，是汪林，她也戴着那样小檐的帽子。

“天真暖啦！走路都有点热。”

看着她转过“商市街”，我们才来到另一家店铺，并不是买什么，只是看看，同时晒晒太阳。这样好的行人道，有树，也有椅子，坐在椅子上，把眼睛闭起，一切春的梦，春的谜，春的暖力……这一切把自己完全陷进去。听着，听着吧！春在歌唱……

“大爷，大奶奶……帮帮吧！……”这是什么歌呢，从背后来的？这不是春天的歌吧！

那个叫花子嘴里吃着个烂梨，一条腿和一只脚肿得把另一只显得好像不存在似的。“我的腿冻坏啦！大爷，帮帮吧！唉唉……！”

有谁还记得冬天？阳光这样暖了！街树蹿着芽！

手风琴在隔道唱起来，这也不是春天的调，只要一看到那个瞎人为着拉琴而挪歪的头，就觉得很残忍。瞎人他摸不到春天，他没有。坏了腿的人，他走不到春天，他有腿也等于无腿。

世界上这一些不幸的人存在着也等于不存在，倒不如赶早把他们消灭掉，免得在春天他们会唱这样难听的歌。

汪林在院心吸着一支烟卷，她又换一套衣裳。那是淡绿色的，和树枝发出的芽一样的颜色。她腋下夹着一封信，看见我们，赶忙把信装进衣袋去。

“大概又是情书吧！”郎华随便说着玩笑话。

她跑进屋去了。香烟的烟缕在门外打了一下旋卷才消灭。

夜，春夜，中央大街充满了音乐的夜。流浪人的音乐，日本舞场的音乐，外国饭店的音乐……七点钟以后。中央大街的中段，在一条横口，那个很响的扩音机哇哇地叫起来，这歌声差不多响彻全街。若站在商店的玻璃窗前，会疑心是从玻璃发着震响。一条完全在风雪里寂寞的大街，今天第一次又号叫起来。

外国人！绅士样的，流氓样的，老婆子，少女们，跑了满街……有的连起人排来封闭住商店的窗子，但这只限于年轻人。也有的同唱机一样唱起来，但这也只限于年轻人。这好像特有的年轻人的集会。他们和姑娘们一道说笑，和姑娘们连起排来走。中国人来混在这些卷发人中间少得只有七分之一，或八分之一。但是汪林在其中，我们又遇到她。她和另一个也和她同样打扮漂亮的、白脸的女人同走……卷发的人用俄国话说她漂亮。她也用俄国话和她们笑了一阵。

中央大街的南端，人渐渐稀疏了。

墙根，转角，都发现着哀哭，老头子，孩子，母亲们……哀哭着的是永久被人间遗弃的人们！那边，还望得见那边快乐的人群，还听得见那边快乐的声音。

三月，花还没有开，人们嗅不到花香。

夜的街，树枝上嫩绿的芽子看不见，是冬天吧？是秋天吧？但快乐的人们，不问四季总是快乐；哀哭的人们，不问四季也总是哀哭！

看　花

朱自清

生长在大江北岸一个城市里，那儿的园林本是著名的，但近来却很少；似乎自幼就不曾听见过“我们今天看花去”一类话，可见花事是不盛的。有些爱花的人，大都只是将花栽在盆里，一盆盆搁在架上；架子横放在院子里。院子照例是小小的，只够放下一个架子；架上至多搁二十多盆花罢了。有时院子里依墙筑起一座“花台”，台上种一株开花的树；也有在院子里地上种的。但这只是普通的点缀，不算是爱花。

家里人似乎都不甚爱花；父亲只在领我们上街时，偶然和我们到“花房”里去过一两回。但我们住过一所房子，有一座小花园，是房东家的。那里有树，有花架（大约是紫藤花架之类），但我当时还小，不知道那些花木的名字；只记得爬在墙上的是蔷薇而已。园中还有一座太湖石堆成的洞门；现在想来，似乎也还好的。在那时由一个顽皮的少年仆人领了我去，却只知道跑来跑去捉蝴蝶；有时掐下几朵花，也只是随意挼弄着，随意丢弃了。至于领略花的趣味，那是以后的事：夏天的早晨，我们那地方有乡下的姑娘在各处街巷，沿门叫着，“卖栀子花来。”栀子花不是什么高品，但我喜欢那白而晕黄的颜色和那肥肥的个儿，正和那些卖花的姑娘有着相似的韵味。栀子花的香，浓而不烈，清而不淡，也是我乐意的。我这样便爱起花来了。也许有人会问：“你爱的不是花吧？”这个我自己其实也已不大弄得清楚，只好存而不论了。

在高小的一个春天，有人提议到城外F寺里吃桃子去，而且预备白吃；不让吃就闹一场，甚至打一架也不在乎。那时虽远在五四运动以前，但我们那里的中学生却常有打进戏园看白戏的事。中学生能白看戏，小学生为什么不能白吃桃子呢？我们都这样想，便由那提议人纠合了十几个同学，浩浩荡荡地向城外而去。到了F寺，气势不凡地呵斥着道人们（我们称寺里的工人为道人），立刻领我们向桃园里去。道人们踌躇着说："现在桃树刚才开花呢。"但是谁信道人们的话？我们终于到了桃园里，大家都丧了气，原来花是真开着呢！这时提议人P君便去折花。道人们是一直步步跟着的，立刻上前劝阻，而且用起手来。但P君是我们中最不好惹的；"说时迟，那时快"，一眨眼，花在他的手里，道人已踉跄在一旁了。那一园子的桃花，想来总该有些可看；我们却谁也没有想着去看，只嚷着："没有桃子，得沏茶喝！"道人们满肚子委屈地引我们到"方丈"里，大家各喝一大杯茶。这才平了气，谈谈笑笑地进城去。大概我那时还只懂得爱一朵朵的栀子花，对于开在树上的桃花，是并不了然的；所以眼前的机会，便从眼前错过了。

以后渐渐念了些看花的诗，觉得看花颇有些意思。但到北平读了几年书，却只到过崇效寺一次；而去得又嫌早些，那有名的一株绿牡丹还未开呢。北平看花的事很盛，看花的地方也很多；但那时热闹的似乎也只有一班诗人名士，其余还是不相干的。那正是新文学运动的起头，我们这些少年，对于旧诗和那一班诗人名士，实在有些不敬；而看花的地方又都远不可言，我是一个懒人，便干脆地断了那条心了。后来到杭州做事，遇见了Y君，他是新诗人兼旧诗人，看花的兴致很好。我和他常到孤山去看梅花。孤山的梅花是古今有名的，但太少；又没有临水的，人也太多。有一回坐在放鹤亭上喝茶，来了一个方面有须，穿着花缎马褂的人，用湖南口音和人打招呼道："梅花盛开嗒！""盛"字说得特别重，使我吃了一惊；但我吃惊的也只是说在他嘴里"盛"这个声音罢了，花的盛不盛，在我倒并没有什么的。

有一回，Y来说，灵峰寺有三百株梅花；寺在山里，去的人也少。我和Y，还有N君，从西湖边雇船到岳坟，从岳坟入山。曲曲折折走了好一会儿，又上了许多石级，才到山上寺里。寺甚小，梅花便在大殿西边园中。园也不大，东墙下有三间净室，最宜喝茶看花；北边有座小山，山上有亭，大约叫“望海亭”吧，望海是未必，但钱塘江与西湖是看得见的。梅树确是不少，密密地低低地整列着。那时已是黄昏，寺里只有我们三个游人；梅花并没有开，但那珍珠似的繁星似的骨朵儿，已经够可爱了；我们都觉得比孤山上盛开时有味。大殿上正做晚课，送来梵呗的声音，和着梅林中的暗香，真叫我们舍不得回去。在园里徘徊了一会儿，又在屋里坐了一会儿，天是黑定了，又没有月色，我们向庙里要了一个旧灯笼，照着下山。路上几乎迷了道，又两次三番地被狗咬；我们的Y诗人确有些窘了，但终于到了岳坟。船夫远远迎上来道：“你们来了，我想你们不会冤我呢！”在船上，我们还不离口地说着灵峰的梅花，直到湖边电灯光照到我们的眼。

Y回北平去了，我也到了白马湖。那边是乡下，只有沿湖与杨柳相间着种了一行小桃树，春天花发时，在风里娇媚地笑着。还有山里的杜鹃花也不少。这些日日在我们眼前，从没有人像煞有介事地提议，“我们看花去。”但有一位S君，却特别爱养花；他家里几乎是终年不离花的。我们上他家去，总看他在那里不是拿着剪刀修理枝叶，便是提着壶浇水。我们常乐意看着。他院子里一株紫薇花很好，我们在花旁喝酒，不知多少次。白马湖住了不过一年，我却传染了他那爱花的嗜好。但重到北平时，住在花事很盛的清华园里，接连过了三个春，却从未想到去看一回。只在第二年秋天，曾经和孙三先生在园里看过几次菊花。“清华园之菊”是著名的，孙三先生还特地写了一篇文，画了好些画。但那种一盆一干一花的养法，花是好了，总觉没有天然的风趣。直到去年春天，有了些余闲，在花开前，先向人问了些花的名字。一个好朋友是从知道姓名起的，我想，看花也正是如此。恰好Y君也常来园中，我们一天三四趟地到那些花下去徘徊。今年Y君忙些，我便一个人去。我爱繁花老干的杏，临风婀娜的小红桃，贴梗累累如珠的紫荆；但最恋恋的是西府海棠。海棠的花繁得好，也淡得好；艳极了，却没有一丝荡意。疏疏的高干子，英气隐隐逼人。可惜没有趁着月色看过；王鹏运有两句词道："只愁淡月朦胧影，难验微波上下潮。"我想，月下的海棠花，大约便是这种光景吧。为了海棠，前两天在城里特地冒了大风到中山公园去，看花的人倒也不少；但不知怎的，却忘了畿辅先哲祠。Y告我那里的一株，遮住了大半个院子；别处的都向上长，这一株却是横里伸张的。花的繁没有法说；海棠本无香，昔人常以为恨，这里花太繁了，却酝酿出一种淡淡的香气，使人久闻不倦。Y告我，正是刮了一日还不息的狂风的晚上；他是前一天去的。他说他去时地上已有落花了，这一日一夜的风，准完了。他说北平看花，是要赶着看的：春光太短了，又晴的日子多；今年算是有阴的日子了，但狂风还是逃不了的。我说北平看花，比别处有意思，也正在此。这时候，我似乎不甚菲薄那一班诗人名士了。

一片阳光

林徽因

放了假，春初的日子松弛下来。将午未午时候的阳光，澄黄的一片，由窗棂横浸到室内，晶莹地四处射。我有点发怔，习惯地在沉寂中惊讶我的周围。我望着太阳那湛明的体质，像要辨别它那交织绚烂的色泽，追逐它那不着痕迹的流动。看它洁净地映到书桌上时，我感到桌面上平铺着一种恬静，一种精神上的豪兴，情趣上的闲逸；即或所谓“窗明几净”，那里默守着神秘的期待，漾开诗的气氛。那种静，在静里似可听到那一处琤琮的泉流，和着仿佛是断续的琴声，低诉着一个幽独者自娱的音调。看到这同一片阳光射到地上时，我感到地面上花影浮动，暗香吹拂左右，人随着晌午的光霭花气在变幻，那种动，柔谐婉转有如无声音乐，令人悠然轻快，不自觉地脱落伤愁。至多，在舒扬理智的客观里使我偶一回头，看看过去幼年记忆步履所留的残迹，有点惋惜时间；微微怪时间不能保存情绪，保存那一切情绪所曾流连的境界。

倚在软椅上不但奢侈，也许更是一种过失，有闲的过失。但东坡的辩护“懒者常似静，静岂懒者徒”，不是没有道理。如果此刻不倚榻上而“静”，则方才情绪所兜的小小圈子便无条件地失落了去！人家就不可惜它，自己却实在不能不感到这种亲密的损失的可哀。

就说它是情绪上的小小旅行吧，不走并无不可，不过走走未始不是更好。归根说，我们活在这世上到底最珍惜一些什么？果真珍惜万物之灵的人的活动所产生的种种，所谓人类文化？这人类文化到底又靠一些什么？我们怀疑或许就是人身上那一撮精神同机体的感觉，生理心理所共起的情感，所激发出的一串行为，所聚敛的一点智慧，——那么一点点人之所以为人的表现。宇宙万物客观的本无所可珍惜，反映在人性上的山川草木禽兽才开始有了秀丽，有了气质，有了灵犀。反映在人性上的人自己更不用说。没有人的感觉，人的情感，即便有自然，也就没有自然的美，质或神方面更无所谓人的智慧，人的创造，人的一切生活艺术的表现！这样说来，谁该鄙弃自己感觉上的小小旅行？为壮壮自己胆子，我们更该相信唯其人类有这类情绪的驰骋，实际的世间才赓续着产生我们精神所寄托的文物精粹。

此刻我竟可以微微一咳嗽，乃至于用播音的圆润口调说：我们既然无疑地珍惜文化，即尊重盘古到今种种的艺术——无论是抽象的思想的艺术，或是具体的驾驭天然材料另创的非天然形象，——则对于艺术所由来的渊源，那点点人的感觉，人的情感智慧（通称人的情绪的），又当如何地珍惜才算合理？

但是情绪的驰骋，显然不是诗或画或任何其他艺术建造的完成。这驰骋此刻虽占了自己生活的若干时间，却并不在空间里占任何一个小小位置！这个情形自己需完全明了。此刻它仅是一种无踪迹的流动，并无栖身的形体。它或含有各种或可捉摸的质素，但是好奇地探讨这个质素而具体要表现它的差事，无论其有无意义，除却本人外，别人是无能为力的。我此刻为着一片清婉可喜的阳光，分明自己在对内心交流变化的各种联想发生一种兴趣的注意，换句话说，这好奇与兴趣的注意已是我此刻生活的活动。一种力量又迫着我来把握住这个活动，而设法表现它，这不易抑制的冲动，或即所谓艺术冲动也未可知！只记得冷静的杜工部散散步，看看花，也不免会有“江上被花恼不彻，无处告诉只颠狂”的情绪上一片紊乱！玲珑煦暖的阳光照人面前，那美的感人力量就不减于花，不容我生硬地自己把情绪划分为有闲与实际的两种，而权其轻重，然后再决定取舍的。我也只有情绪上的一片紊乱。

情绪的旅行本偶然的事，今天一开头并为着这片春初晌午的阳光，现在也还是为着它。房间内有两种豪侈的光常叫我的心绪紧张如同花开，趁着感觉的微风，深浅零乱于冷智的枝叶中间。一种是烛光，高高的台座，长垂的烛泪，熊熊红焰当帘幕四下时各处光影掩映。那种闪烁明艳，雅有古意，明明是画中景象，却含有更多诗的成分。另一种便是这初春晌午的阳光，到时候有意无意的大片子洒落满室，那些窗棂栏板几案笔砚浴在光霭中，一时全成了静物图案；再有红蕊细枝点缀几处，室内更是轻香浮溢，叫人俯仰全触到一种灵性。

这种说法怕有点会发生误会，我并不说这片阳光射入室内，需要笔砚花香那些儒雅的托衬才能动人，我的意思倒是：室内顶寻常的一些供设，只要一片阳光这样又幽娴又洒脱地落在上面，一切都会带上另一种动人的气息。

这里要说到我最初认识的一片阳光。那年我六岁，记得是刚刚出了水珠以后——水珠即寻常水痘，不过我家乡的话叫它作水珠。当时我很喜欢那美丽的名字，忘却它是一种病，因而也觉到一种神秘的骄傲。只要人过我窗口问问出“水珠”吗？我就感到一种荣耀。那个感觉至今还印在脑子里。也为这个缘故，我还记得病中奢侈的愉悦心境。虽然同其他多次的害病一样，那次我仍然是孤独的被囚禁在一间房屋里休养的。那是我们老宅子里最后的一进房子；白粉墙围着小小院子，北面一排三间，当中夹着一个开敞的厅堂。我病在东头娘的卧室里。西头是婶婶的住房。娘同婶永远要在祖母的前院里行使她们女人们的职务的，于是我常是这三间房屋唯一留守的主人。

在那三间屋子里病着，那经验是难堪的。时间过得特别慢，尤其是在日中毫无睡意的时候。起初，我仅集注我的听觉在各种似脚步，又不似脚步的上面。猜想着，等候着，希望着人来。间或听听隔墙各种琐碎的声音，由墙基底下传达出来又消敛了去。过一会儿，我就不耐烦了——不记得是怎样的，我就趿着鞋，沿着木床走到房门边。房门向着厅堂斜斜地开着一扇，我便扶着门框好奇地向外探望。

那时大概刚是午后两点钟光景，一张刚开过饭的八仙桌，异常寂寞地立在当中。桌下一片由厅口处射进来的阳光，泄泄融融地倒在那里。一个绝对悄寂的周围伴着这一片无声的金色的晶莹，不知为什么，忽使我六岁孩子的心里起了一次极不平常的振荡。

那里并没有几案花香、美术的布置，只是一张极寻常的八仙桌。如果我的记忆没有错，那上面在不多时间以前，是刚陈列过咸鱼、酱菜一类极寻常俭朴的午餐的。小孩子的心却呆了。或许两只眼睛倒张大一点，四处地望，似乎在寻觅一个问题的答案。为什么那片阳光美得那样动人？我记得我爬到房内窗前的桌子上坐着，有意无意地望望窗外，院里粉墙疏影同室内那片金色和煦绝然不同趣味。顺便我翻开手边娘梳妆用的旧式镜箱，又上下摇动那小排状抽屉，同那刻成花篮形的小铜坠子，不时听雀跃过枝清脆的鸟语。心里却仍为那片阳光隐着一片模糊的疑问。

时间经过二十多年，直到今天，又是这样一泄阳光，一片不可捉摸，不可思议流动的而又恬静的瑰宝，我才明白我那问题是永远没有答案的。事实上仅是如此：一张孤独的桌，一角寂寞的厅堂，一只灵巧的镜箱，或窗外断续的鸟语，和水珠——那美丽小孩子的病名——便凑巧永远同初春静沉的阳光整整复斜斜地成了我回忆中极自然的联想。

生　机

丰子恺

去年除夜买的一球水仙花，养了两个多月，直到今天方才开花。

今春天气酷寒，别的花木萌芽都迟，我的水仙尤迟。因为它到我家来，遭了好几次灾难，生机被阻抑了。

第一次遭的是旱灾，其情形是这样：它于去年除夕到我家，当时因为我的别寓里没有水仙花盆，我特为跑到瓷器店去买一只纯白的瓷盘来供养它。这瓷盘很大、很重，原来不是水仙花盆。据瓷器店里的老头子说，它是光绪年间的东西，是官场中请客时用以盛某种特别肴馔的家伙。

只因后来没有人用得着它，至今没有卖脱。我觉得普通所谓水仙花盆，长方形的、扇形的，在过去的中国画里都已看厌了，而且形式都不及这家伙好看。就假定这家伙是为我特制的水仙花盆，买了它来，给我的水仙花配合，形状色彩都很调和。看它们在寒窗下绿白相映，素艳可喜，谁相信这是官场中盛酒肉的东西？可是它们结合不到一个月，就要别离。为的是我要到石门湾去过阴历年，预期在缘缘堂住一个多月，希望把这水仙花带回去，看它开好才好。如何带法？颇费踌躇：叫工人阿毛拿了这盆水仙花乘火车，恐怕有人说阿毛提倡风雅；把它装进皮箱里，又不可能。于是阿毛提议："盘儿不要它，水仙花拔起来装在饼干箱里，携了上车，到家不过三四个钟头，不会旱杀的。"我通过了。水仙就与盘暂别，坐在饼干箱里旅行。回到家里，大家纷忙得很，我也忘记了水仙花。三天之后，阿毛突然说起，我猛然觉悟，找寻它的下落，原来被人当作饼干，搁在石灰甏上。连忙取出一看，绿叶憔悴，根须焦黄。阿毛说："勿碍。"立刻把它供养在家里旧有的水仙花盆中，又放些白糖在水里。幸而果然勿碍，过了几天它又欣欣向荣了。是为第一次遭的旱灾。

第二次遭的是水灾，其情形是这样：家里的水仙花盆中，原有许多色泽很美丽的雨花台石子。有一天早晨，被孩子们发现了，水仙花就遭殃：他们说石子里统是灰尘，埋怨阿毛不先将石子洗净，就代替他做这番工作。他们把水仙花拔起，暂时养在脸盆里，把石子倒在另一脸盆里，掇到墙角的太阳光中，给它们一一洗刷。雨花台石子浸着水，映着太阳光，光泽、色彩、花纹，都很美丽。有几颗可以使人想象起“通灵宝玉”来。看的人越聚越多，孩子们尤多，女孩子最热心。她们把石子照形状分类，照色彩分类，照花纹分类；然后品评其好坏，给每块石子打起分数来；最后又利用其形色，用许多石子拼起图案来。图案拼好，她们自去吃年糕了！年糕吃好，她们又去踢毽子了；毽子踢好，她们又去散步了。直到晚上，阿毛在墙角发现了石子的图案，叫道：“咦，水仙花哪里去了？”东寻西找，发现它横卧在花台边上的脸盆中，浑身浸在水里。自晨至晚，浸了十来小时，绿叶已浸得发肿，发黑了！阿毛说“勿碍”，再叫小石子给它扶持，坐在水仙花盆中。是为第二次遭的水灾。

第三次遭的是冻灾，其情形是这样的：水仙花在缘缘堂里住了一个多月。其间春寒太甚，患难迭起。其生机被这些天灾人祸所阻抑，始终不能开花。直到我要离开缘缘堂的前一天，它还是含苞未放。我此去预定暮春回来，不见它开花又不甘心，以问阿毛。阿毛说：“用绳子穿好，提了去！这回不致忘记了。”我赞成。于是水仙花倒悬在阿毛的手里旅行了。它到了我的寓中，仍旧坐在原配的盆里。雨水过了，不开花。惊蛰过了，又不开花。阿毛说：“不晒太阳的缘故。”就掇到阳台上，请它晒太阳。今年春寒殊甚，阳台上虽有太阳光，同时也有料峭的东风，使人立脚不住。所以人都闭居在室内，从不走到阳台上去看水仙花。房间内少了一盆水仙花也没有人查问。直到次日清晨，阿毛叫了：“啊哟！昨晚水仙花没有拿进来，冻杀了！”一看，盆内的水连底冻，敲也敲不开；水仙花里面的水分也冻，其鳞茎冻得像一块白石头，其叶子冻得像许多翡翠条。赶快拿进来，放在火炉边。久之久之，盆里的水融了，花里的水也融了；但是叶子很软，一条一条弯下来，叶尖垂在水面。阿毛说："乌者。[①]"我觉得的确有些"乌"，但是看它的花蕊还是笔挺地立着，想来生机没有完全丧尽，还有希望。以问阿毛，阿毛摇头，随后说："索性拿到灶间里去，暖些，我也可以常常顾到。"我赞成。垂死的水仙花就被从房中移到灶间。是为第三次遭的冻灾。

谁说水仙花清？它也像普通人一样，需要烟火气的。自从移入灶间之后，叶子渐渐抬起头来，花苞渐渐展开。今天花开得很好了！阿毛送它回来，我见了心中大快。此大快非仅为水仙花。人间的事，只要生机不灭，即使重遭天灾人祸，暂被阻抑，终有抬头的日子。个人的事如此，家庭的事如此，国家、民族的事也如此。

---

① 乌者：即"糟了"之意。

养　花

老舍

我爱花，所以也爱养花。我可还没成为养花专家，因为没有工夫去做研究与试验。我只把养花当作生活中的一种乐趣，花开得大小好坏都不计较，只要开花，我就高兴。在我的小院子中，到夏天，满是花草，小猫儿们只好上房去玩耍，地上没有它们的运动场。

花虽然多，但是无奇花异草。珍贵的花草不易养活，看着一棵好花生病欲死是件难过的事。我不愿时时落泪。北京的气候，对养花来说，不算很好。冬天冷，春天多风，夏天不是干旱就是大雨倾盆；秋天最好，可是会忽然闹霜冻。在这种气候里，想把南方的好花养活，我还没有那么大的本事。因此，我只养些好种易活、自己会奋斗的花草。

不过，尽管花草自己会奋斗，我若是置之不理，任其自生自灭，它们多数还是会死了的。我得天天照管它们，像好朋友似的关切它们。一来二去，我摸着一些门道：有的喜阴，就别放在太阳地里；有的喜干，就别多浇水。这是个乐趣，摸住门道，花草养活了，而且三年五载老活着、开花，多么有意思啊！不是乱吹，这就是知识呀！多得些知识，一定不是坏事。

我不是有腿病嘛，不但不利于行，也不利于久坐。我不知道花草们受我的照顾，感谢我不感谢；我可得感谢它们。在我工作的时候，我总是写几十个字，就到院中去看看，浇浇这棵，搬搬那盆，然后回到屋中再写一点，然后再出去，如此循环，让脑力劳动与体力劳动结合到一起，有益身心，胜于吃药。要是赶上狂风暴雨或天气突变哪，就得全家动员，抢救花草，十分紧张。几百盆花，都要很快地抢到屋里去，使人腰酸腿疼，热汗直流。第二天，天气好转，又得把花都搬出去，就又一次腰酸腿疼，热汗直流。可是，这多么有意思呀！不劳动，连棵花也养不活，这难道不是真理吗？

送牛奶的同志，进门就夸“好香”！这使我们全家都感到骄傲。赶到昙花开放的时候，约几位朋友来看看，更有秉烛夜游的神气——昙花总在夜里放蕊。花分根了，一棵分为数棵，就赠给朋友们一些；看着友人拿走自己的劳动果实，心里自然特别欢喜。

当然，也有伤心的时候，今年夏天就有这么一回。三百棵菊秧还在地上（没到移入盆中的时候），下了暴雨，邻家的墙倒了下来，菊秧被砸死者三十多种，一百多棵！全家几天没有笑容！

有喜有忧，有笑有泪，有花有实，有香有色，既须劳动，又长见识，这就是养花的乐趣。

夏天的昆虫

汪曾祺

蝈蝈

蝈蝈我们那里叫作“叫蚰子”。因为它长得粗壮结实，样子也不大好看，还特别在前面加一个“侉”字，叫作“侉叫蚰子”。这东西就是会呱呱地叫。有时嫌它叫得太吵人了，在它的笼子上拍一下，它就大叫一声：“呱！——”停止了。它什么都吃。据说吃了辣椒更爱叫，我就挑顶辣的辣椒喂它。早晨，掐了南瓜花（谎花）喂它，只是取其好看而已。这东西是咬人的。有时捏住笼子，它会从竹篾的洞里咬你的指头肚子一口！

另有一种秋叫蝈子，较晚出，体小，通体碧绿如玻璃料，叫声清脆。秋叫蝈子养在牛角做的圆盒中，顶面有一块玻璃。我能自己做这种牛角盒子，要紧的是弄出一块大小合适的圆玻璃。把玻璃放在水盆里，用剪子剪，则不碎裂。秋叫蝈子价钱比侉叫蝈子贵得多。养好了，可以越冬。

叫蝈子是可以吃的。得是三尾的，腹大多子。扔在枯树枝火中，一会儿就熟了。味极似虾。

蝉

蝉大别有三类。一种是“海溜”，最大，色黑，叫声洪亮。这是蝉里的楚霸王，生命力很强。我曾捉了一只，养在一个断了发条的旧座钟里，活了好多天。一种是“嘟溜”，体较小，绿色而有点银光，样子最好看，叫声也好听：“嘟溜——嘟溜——嘟溜”。一种叫“叽溜”，最小，暗赭色，也是因其叫声而得名。

蝉喜欢栖息在柳树上。古人常画“高柳鸣蝉”，是有道理的。

北京的孩子捉蝉用粘竿，——竹竿头上涂了粘胶。我们小时候则用蜘蛛网。选一根结实的长芦苇，一头撅成三角形，用线缚住，看见有大蜘蛛网就一绞，三角里络满了蜘蛛网，很黏。瞅准了一只蝉，轻轻一捂，蝉的翅膀就被粘住了。

佝偻丈人承蜩，不知道用的是什么工具。

蜻蜓

家乡的蜻蜓有三种。

一种极大，头胸浓绿色，腹部有黑色的环纹，尾部两侧有革质的小圆片，叫作“绿豆钢”。这家伙厉害得很，飞时巨大的翅膀磨得嚓嚓地响。或捉之置室内，它会对着窗玻璃猛撞。

一种极常见的蜻蜓，有灰蓝色和绿色的。蜻蜓的眼睛很尖，但到黄昏后眼力就有点不济。它们栖息着不动，从后面轻轻伸手，一捏就能捏住。玩蜻蜓有一种恶作剧的玩法：掐一根狗尾巴草，把草茎插进蜻蜓的屁股，一撒手，蜻蜓就带着狗尾巴草的穗子飞了。

一种是红蜻蜓。不知道什么道理，说这是灶王爷的马。

另有一种纯黑的蜻蜓。身上、翅膀都是深黑色，我们叫它鬼蜻蜓，因为它有点鬼气。也叫“寡妇”。

刀螂

刀螂即螳螂。螳螂是很好看的。螳螂的头可以四面转动。螳螂翅膀嫩绿，颜色和脉纹都很美。昆虫翅膀好看的，为螳螂，为纺织娘。

或问：你写这些昆虫什么意思？答曰：我只是希望现在的孩子也能玩玩这些昆虫，对自然发生兴趣。现在的孩子大都只在电子玩具包围中长大，未必是好事。

鸭的喜剧

鲁迅

俄国的盲诗人爱罗先珂君带了他那六弦琴到北京之后不久，便向我诉苦说：

“寂寞呀，寂寞呀，在沙漠上似的寂寞呀！”

这应该是真实的，但在我却未曾感得。我住得久了，“入芝兰之室，久而不闻其香”，只以为很是嚷嚷罢了。然而我之所谓嚷嚷，或者也就是他之所谓寂寞罢。

我可是觉得，在北京仿佛没有春和秋。老于北京的人说，地气北转了，这里在先是没有这么和暖。只是，我总以为没有春和秋；冬末和夏初衔接起来，夏才去，冬又开始了。

一日，就是这冬末夏初的时候，而且是夜间，我偶尔得了闲暇，去访问爱罗先珂君。他一向寓在仲密君的家里；这时一家的人都睡了觉了，天下很安静。他独自靠在自己的卧榻上，很高的眉棱在金黄色的长发之间微蹙了，是在想他旧游之地的缅甸，缅甸的夏夜。

“这样的夜间，”他说，“在缅甸是遍地是音乐。房里，草间，树上，都有昆虫吟叫，各种声音，成为合奏，很神奇。其间时时夹着蛇鸣，‘嘶嘶！’可是也与虫声相和谐……”他沉思了，似乎想要追想起那时的情景来。

我开不得口。这样奇妙的音乐，我在北京确乎未曾听到过，所以即使如何爱国，也辩护不得，因为他虽然目无所见，耳朵是没有聋的。

“北京却连蛙鸣也没有……”他又叹息说。

“蛙鸣是有的！”这叹息，却使我勇猛起来了，于是抗议说，“到夏天，大雨之后，你便能听到许多蛤蟆叫，那是都在沟里面的，因为北京到处都有沟。”

“哦……”

过了几天，我的话居然证实了，因为爱罗先珂君已经买到了十几个蝌蚪子。他买来便放在他窗外的院子中央的小池里。那池的长有三尺，宽有二尺，是仲密所掘，以种荷花的荷池。从这荷池里，虽然从来没有见过养出半朵荷花来，然而养蛤蟆，却实在是一个极合适的处所。

蝌蚪成群结队地在水里面游泳；爱罗先珂君也常常踱来访它们。有时候，孩子告诉他说：“爱罗先珂先生，它们生了脚了。”他便高兴地微笑道：“哦！”

然而养成池沼的音乐家却只是爱罗先珂君的一件事。他是向来主张自食其力的，常说女人可以畜牧，男人就应该种田。所以遇到很熟的友人，他便要劝诱他就在院子里种白菜；也屡次对仲密夫人劝告，劝伊养蜂，养鸡，养猪，养牛，养骆驼。后来，仲密家果然有了许多小鸡，满院飞跑，啄完了铺地锦的嫩叶，大约也许就是这劝告的结果了。

从此卖小鸡的乡下人也时常来，来一回便买几只，因为小鸡是容易积食，发痧，很难得长寿的；而且有一匹还成了爱罗先珂君在北京所作唯一的小说《小鸡的悲剧》里的主人公。有一天的上午，那乡下人竟意外的带了小鸭来了，“咻咻”地叫着；但是仲密夫人说不要。爱罗先珂君也跑出来，他们就放一个在他两手里，而小鸭便在他两手里“咻咻”地叫。他以为这也很可爱，于是又不能不买了，一共买了四个，每个八十文。

小鸭也诚然是可爱，遍身松花黄，放在地上，便蹒跚地走，互相招呼，总是在一处。大家都说好，明天去买泥鳅来喂它们罢。爱罗先珂君说：“这钱也可以归我出的。”

他于是教书去了；大家也走散。不一会儿，仲密夫人拿冷饭来喂它们时，在远处已听得泼水的声音，跑到一看，原来那四个小鸭都在荷池里洗澡了，而且还翻筋斗，吃东西呢。等到拦它们上了岸，全池已经是浑水，过了半天，澄清了，只见泥里露出几条细藕来；而且再也寻不出一个已经生了脚的蝌蚪了。

“伊和希珂先，没有了，蛤蟆的儿子。”傍晚时候，孩子们一见他回来，最小的一个便赶紧说。

“唔，蛤蟆？”

仲密夫人也出来了，报告了小鸭吃完蝌蚪的故事。

“唉，唉！……”他说。

待到小鸭褪了黄毛，爱罗先珂君却忽而渴念着他的“俄罗斯母亲”了，便匆匆地向赤塔去。

待到四处蛙鸣的时候，小鸭也已经长成，两个白的，两个花的，而且不复“咻咻”地叫，都是“鸭鸭”地叫了。荷花池也早已容不下它们盘桓了。幸而仲密的住家的地势是很低的，夏雨一降，院子里满积了水，它们便欣欣然，游水，钻水，拍翅子，“鸭鸭”地叫。

现在又从夏末交了冬初，而爱罗先珂君还是绝无消息，不知道究竟在哪里了。

只有四个鸭，却还在沙漠上“鸭鸭”地叫。

冬　天

朱自清

说起冬天，忽然想到豆腐。是一“小洋锅”（铝锅）白煮豆腐，热腾腾的。水滚着，像好些鱼眼睛，一小块一小块豆腐养在里面，嫩而滑，仿佛反穿的白狐大衣。锅在“洋炉子”（煤油不打气炉）上，和炉子都熏得乌黑乌黑，越显出豆腐的白。这是晚上，屋子老了，虽点着“洋灯”，也还是阴暗。围着桌子坐着父亲跟我们哥儿三个。“洋炉子”太高了，父亲得常常站起来，微微地仰着脸，觑着眼睛，从氤氲的热气里伸进筷子，夹起豆腐，一一地放在我们的酱油碟里。我们有时也自己动手，但炉子实在太高了，总还是坐享其成的多。这并不是吃饭，只是玩儿。父亲说晚上冷，吃了大家暖和些。我们都喜欢这种白水豆腐；一上桌就眼巴巴望着那锅，等着那热气，等着热气里从父亲筷子上掉下来的豆腐。

又是冬天，记得是阴历十一月十六晚上，跟S君P君在西湖里坐小划子。S君刚到杭州教书，事先来信说：“我们要游西湖，不管它是冬天。”那晚月色真好，现在想起来还像照在身上。本来前一晚是“月当头”；也许十一月的月亮真有些特别吧。那时九点多了，湖上似乎只有我们一只划子。有点风，月光照着软软的水波；当间那一溜儿反光，像新砑的银子。湖上的山只剩了淡淡的影子。山下偶尔有一两星灯火。S君口占[1]两句诗道：“数星灯火认渔村，淡墨轻描远黛痕。”我们都不大说话，只有均匀的桨声。我渐渐地快睡着了。P君“喂”了一下，才抬起眼皮，看见他在微笑。船夫问要不要上净寺去；是

---

① 口占：作诗文不起草稿，随口而成。

阿弥陀佛生日，那边蛮热闹的。到了寺里，殿上灯烛辉煌，满是佛婆念佛的声音，好像醒了一场梦。这已是十多年前的事了，S君还常常通着信，P君听说转变了好几次，前年是在一个特税局里收特税了，以后便没有消息。

在台州过了一个冬天，一家四口子。台州是个山城，可以说在一个大谷里。只有一条二里长的大街。别的路上白天简直不大见人。晚上一片漆黑。偶尔有人家窗户里透出一点灯光，还有走路的拿着的火把。但那是少极了。我们住在山脚下。有的是山上松林里的风声，跟天上一只两只的鸟影。夏末到那里，春初便走，却好像老在过着冬天似的，可是即便冬天也并不冷。我们住在楼上，书房临着大路，路上有人说话，可以清清楚楚地听见。但因为走路的人太少了，间或有点说话的声音，听起来还只当远风送来的，想不到就在窗外。我们是外路人，除上学校去之外，常只在家里坐着。妻也惯了那寂寞，只和我们爷儿们守着。外边虽老是冬天，家里却老是春天。有一回我上街去，回来的时候，楼下厨房的大方窗开着，并排地挨着她们母子三个，三张脸都带着天真微笑地向着我。似乎台州空空的，只有我们四人；天地空空的，也只有我们四人。那时是民国十年，妻刚从家里出来，满自在。现在她死了快四年了，我却还老记着她那微笑的影子。

无论怎么冷，大风大雪，想到这些，我心上总是温暖的。

视觉的粮食

丰子恺

世间一切美术的建设与企图，无非为了追求视觉的慰藉。视觉的需要慰藉，同口的需要食物一样，故美术可说是视觉的粮食。人类得到了饱食暖衣，物质的感觉满足以后，自然会进而追求精神的感觉——视觉——的快适。故从文化上看，人类不妨说是“饱暖思美术”的动物。

我个人的美术研究的动机，逃不出这公例，也是为了追求视觉的粮食。约三十年之前，我还是一个黄金时代的儿童，只知道人应该饱食暖衣，梦也不曾想到衣食的来源。美术研究的动机的萌芽，在这时光最宜于发生。我在母亲的保护之下获得了饱食暖衣之后，每天所企求的就是“看”。无论什么，只要是新奇的、好看的，我都要看。现在我还可历历地回忆：玩具、花纸、吹大糖担、新年里的龙灯、迎会、戏法、戏文，以及难得见到的花灯……曾经给我的视觉以何等的慰藉，给我的心情以何等热烈的兴奋！

就中最有力地抽发我的美术研究心的萌芽的，要算玩具与花灯。当我们的儿童时代，玩具的制造不及现今的发达。我们所能享用的，还只是竹龙、泥猫、大阿福，以及江北船上所制造的各种简单的玩具而已。然而我记得：我特别爱好的是印泥菩萨的模型。这东西现在已经几乎绝迹，在深乡间也许还有流行。其玩法是教儿童自己用黏土在模型里印塑人物像的，所以在种种玩具中，对于这种玩具觉得兴味最浓。我们向江北人买几个红沙泥烧料的阴文的模型，和一块黄泥（或者自己去田里挖取一块青色的田泥，印出来也很好看），就可自由印塑。我曾记得，这种红沙泥模型只要两文钱一个。有弥勒佛像，有观世音像，有关帝像，有文昌像，还有孙行者、猪八戒、蚌壳精、白蛇精各像，还有猫、狗、马、象、宝塔、牌坊等种种模型。我向母亲讨得一个铜板，可以选办五种模型，和一大块黄泥（这是随型附送，不取分文的），拿回家来制作许多的小雕塑。明天再讨一个铜板，又可以添办五种模型。积了几天，我已把江北人担子所有的模型都买来，而我的案头就像罗汉堂一般陈列着种种的造像了。我记得，这只江北船离了我们的石门湾之后，不久又开来了一只船，这船里也挑上一担红沙泥模型来，我得知了这个消息之后，立刻去探找，果然被我找到，而且在这担子上发现了许多与前者不同的新模型。我的欢喜不可名状！恐怕被人买光，立刻筹集巨款，把所有的新模型买了回来。又热心地从事塑造。案头充满了焦黄的泥像，我觉得单调起来。就设法办得铅粉和胶水，用洗净的旧笔为各像涂饰。又向我们的染坊作场里讨些洋红洋绿来，调入铅粉中，在各像上施以种种的色彩。更进一步，我觉得单靠江北船上供给的模型，终不自由。照我的游戏欲的要求，非自己设法制造模型不可。我先用黏土做模型，自己用小刀雕刻阴文的物象，晒干，另用湿黏土塑印。然而这尝试是失败的：那黏土制的模型易裂，易粘，雕得又不高明，印出来的全不足观。失败真是成功之母！有一天，计上心来：我用洋蜡烛油做模型，又细致，又坚韧，又滑润，又易于奏刀。材料虽然太费一点，但是刻坏了可以熔去再刻，并不损失材料。刻成了一种物象，印出了几个，就可把这模型熔去，另刻别的物象。这样，我只要牺牲半支洋蜡烛，便可无穷地创作我的浮雕，谁说这是太费呢。这时候我正在私塾读书。这种雕刻美术在私塾里是同私造货币一样地被严禁的。我不能拿到塾里去弄，只能假后回家来创作，因此荒废了我的《孟子》的熟读。我记得，曾经为此吃先生的警告和母亲的责备。终于不得不疏远这种美术而回到我的《孟子》里。现在回想，我当时何以在许多玩具中特别爱好这种塑造呢？其中大有道理：这种玩具，最富于美术意味，最合于儿童心理，我认为是着实应该提倡的。竹龙、泥猫、大阿福之类，固然也是一种美术的工艺。然而形状固定，没有变化，又只供鉴赏，不可创作。儿童是欢喜变化的，又是抱着热烈的创作欲的。故固定的玩具，往往容易使他们一玩就厌。那种塑印的红沙泥模型，在一切玩具中最富有造型美术的意义，又最富有变化。故我认为自己的偏好是极有因的。现今机械工业发达，玩具工厂林立。但我常常留意各玩具店的陈列窗，觉得很失望。新式的玩具，不过质料比前精致些，形色比前美丽些，在意匠上其实并没有多大的进步，多数的新玩具，还是形状固定，没有变化，甚至缺乏美术意味的东西。想起旧日那种红沙泥模型的绝迹，不觉深为惋惜。只有数年前，曾在上海的日本玩具店里看见过同类的玩具：一只纸匣内，装着六个白瓷制的小模型，有人像、动物像、器物型，三块有色彩的油灰，和两把塑造用的竹刀。这是以我小时所爱好的红沙泥模型为原则而改良精制的。我对它着实有些憧憬！它曾经是我幼时所热烈追求的对象，它曾经供给我的视觉以充分的粮食，它是我的美术研究的最初的启发者。想不到在二十余年之后，它竟是外国人给穿了改良的新装而与我重见的！

更规模地诱导我美术制作的兴味的，是迎花灯。在我们石门湾地方，花灯不是每年例行的兴事。隔数年或十数年举行一次。时候总在春天，春耕已毕而蚕子未出的空当里，全镇上的人一致兴奋，努力制造各式的花灯，四周农村里的人也一致兴奋，天天夜里跑到镇上来看灯，仿佛是千载一遇的盛会。我的儿童时代总算是幸运的，有一年躬逢其盛。那时候虽然已到了清朝末年，不是十分太平的时代，但民生尚安，同现在比较起来，真可说是盛世了。我家旧有一顶彩伞，它的年龄比我长，是我的父亲少年时代和我姑母二人合作的。平时宝藏在箱笼里，每逢迎花灯，就拿出来参加。我以前没有见过它，那时在灯烛辉煌中第一次看见它，视觉感到异常的快适。所谓彩伞，形式大体像古代的阳伞，但作六面形，每面由三张扁方形的黑纸用绿色绫条黏结而成，即全体由三六十八张黑纸围成。这些黑纸上便是施美术工作的地方。伞的里面点着灯，但黑纸很厚，不透光，只有黑纸上用针刺孔的部分映出灯光来。

故制作的主要工夫就是刺孔。这十八张黑纸，无异十八幅书画。每张的四周刺着装饰图案的带模样，例如万字、八结、回纹，或各种花鸟的变化。带模样的中央，便是书画的地方。若是书，则笔笔剪空，空处粘着白色的熟矾纸，映着明亮的灯光，此外的空地上又刺着种种图案花纹，作为装饰的背景。若是画，则画中的主体（譬如画的是举案齐眉，则梁鸿、孟光二人是主体）剪空，空处粘白色的熟矾纸，纸上绘着这主体的彩色图，使在灯光中灿烂地映出。其余的背景（譬如梁鸿的书桌，室内的光景，窗外的花木等）用针刺出，映着灯光历历可辨。这种表现方法，我现在回想，觉得其刺激比一切绘画都强烈。自来绘画之中，西洋文艺复兴期的宗教画，刺激最弱。为了他们把画面上远近大小一切物象都详细描写，变成了照相式的东西，看时不得要领，印象薄弱，到了19世纪末的后期印象派，这点方被注意。他们用粗大的线条，浓厚的色彩与单纯的手法描写各物，务使画中的主体强明地显现在观者的眼前。这原是取法于东洋的。东洋的粗笔画，向来取这么单纯明快的表现法，有时甚至完全不写背景，仅把一块石头或一枝梅花孤零零地描在白纸上，使观者所得印象十分强明。然而，这些画远不及我们那顶彩伞的画的强明：那画中的主体用黑纸作背景，又映在灯光中，显得非常触目，而且背景并非全黑，那针刺的小孔，隐隐地映出各种陪衬的物象来，与主体有机地造成一个美满的画面。其实这种彩伞不宜拿了在路上走，应该是停置在一处，供人细细观赏的。我家的那顶彩伞，尤富有这个要求。因为在全镇上的出品中，我们的彩伞是被公推为最精致而高尚的，字由我的父亲手书，句语典雅，笔致坚秀；画是我姑母的手笔，取材优美，布局匀称。针刺的工作也全由他们亲自担任，疏密适宜，因之光的明暗十分调和，比较起去年我乡的灯会中所见新的作品，题着“提倡新生活”的花台，画着摩登美女的花盆来，其工粗雅俗之差，不可以道里计了。我由这顶彩伞的欣赏，渐渐转入创作的要求。得了我大姐的援助，在灯期中立刻买起黑纸来，裁成十八小幅。作画，写字，加以图案，安排十八幅书画。然后剪空字画，粘贴矾纸，把一个盛老烟的布袋衬在它们底下，用针刺孔。我们不但日里赶做，晚上也常常牺牲了看灯，伏在室内工作。虽然因为工作过于繁重，没有完成灯会已散，但这一番的尝试，给了我美术制作的最初的欢喜。我们于灯会散后在屋里张起这顶自制的小彩伞来，共相欣赏、比较、批评。自然远不及大彩伞的高明。但是，能知道自己的不高明，我们的鉴赏眼已有几分进步了。我的学书学画的动机，即肇始于此。我的美术研究的兴味，因了这次灯会期间的彩伞的试制而更加浓重了。去年的春天，我乡又发起灯会。这是我生所逢到的第三次，但第二次我糊口于远方，未曾亲逢，我所亲逢的这是第二次。照上述的因缘看来，去年我应该踊跃参加。然而不然，我只陪了亲友勉强看几次灯。非但自己不制作，有时连看都懒得。这是什么缘故？一时自己也说不清，大约要写完了这篇文章方才明白。

言归本题：最有力地抽发我的美术研究心的萌芽的，是上述的玩具和花灯。然而，给我的视觉以最充分的粮食的，也只有这种玩具和花灯。那种红沙泥模型的塑印，原是很幼稚的一种手工，给孩儿们玩玩的东西，说不上美术研究。那种彩伞的制作也只是雕虫小技，仅供消闲娱乐而已，不能说是正大的美术创作。然而前面说过，世间一切美术的建设与企图，无非为了追求视觉的慰藉。上两者在美术上虽是玩具或小技，但其对于当时的我，一个十来岁的儿童，的确奏了极伟大的美术的效果，给了我最充分的视觉的粮食。因为自此以后，我的年纪渐长，美术研究之志渐大；我的经历渐多，美术鉴赏之眼渐高。研究之志渐大，就舍去目前的小慰藉的追求而从事奋斗；鉴赏之眼渐高，就发现眼前缺乏可以慰藉视觉的景象，而退入苟安，陷入空想。美术是人生的“乐园”，儿童是人生的“黄金时代”。然而出了黄金时代，美术的乐园就减色，可胜叹哉！

怎样会减色呢？让我继续告诉我的读者吧，为了上述的因缘，我幼时酷好描画。最初我热心于印《芥子园人物画谱》。所谓印，就是拿薄纸盖在画谱上，用毛笔依样印写。写好了添上颜色，当作自己的作品。后来进小学校，看见了商务印书馆出版的《铅笔画临本》《水彩画临本》，就开始临摹，觉得前此之印写，太幼稚了。临得惟妙惟肖，就当作自己的佳作。后来进中学校，知道学画要看着实物而描写，就开始写生，觉得前此之临摹，太幼稚了。写生一把茶壶，看去同实物一样，就当作自己的杰作！后来我看到了西洋画，知道了西洋画专门学校的研究方法，又觉得前此的描画都等于儿戏，欲追求更多的视觉的粮食，非从事专门的美术研究不可。我就练习石膏模型木炭写生。奋斗就从这里开始。大凡研究各种学问，往往在初学时尝到甜味，一认真学习起来，就吃尽苦头。有时简直好像脱离了本题，转入另外一种坚苦的工作中。为了学习绘画而研究坚苦的石膏模型写生，正是一个适例。近来世间颇反对以石膏模型写生当作绘画基本练习的人。西洋的新派画家，视此道为陈腐的旧法，中国写意派画家或非画家，也鄙视此道，以为这是画家所不屑做的机械工作。我觉得他们未免胆子太大，把画道看得太小了。我始终确信，绘画以“肖似”为起码条件，同人生以衣食为起码条件一样。谋衣食固然不及讲学问道德一般清高。然而衣食不足，学问道德无从讲起，除非伯夷、叔齐之流。学画也如此，单求肖似固然不及讲笔法气韵的清高。然而不肖似物象，笔法气韵亦无从寄托。有之，只有立体派构成派之流。苏东坡诗云：“论画以形似，见与儿童邻。”正是诗人的夸张之谈。订正起来，应把他第一句诗中的“以”字改为“重”字才行。话归本题：我从事石膏模型写生之后，为它吃了不少的苦。因为石膏模型都是人的裸体像，而人体是世界最难描得肖似的东西。五官、四肢，一看似觉很简单，独不知形的无定，线的刚柔，光的变化，色的含混，在描写上是最困难的工作。我曾经费了十余小时的工夫描一个Venus（维纳斯）像，然而失败了。因为注意了各小部分，疏忽了全体的形状和调子。以致近看各部皆肖似，而走远来一望，各部大小不称，浓淡失调，全体姿势不对。我曾经用尽了眼力描写一个Laocoon（拉奥孔）像，然而也失败了。因为注意了部分和全体的相称，疏忽了用笔的刚柔，把他全身的肌肉画成起伏的岩石一般。我曾在灯光下描写Homeros（荷马）像，一直描到深夜不能成功。为的是他的卷发和胡须太多，无论如何找不出系统的调子，因之画面散漫无章，表不出某种方向的灯光底下的状态来。放下木炭条，靠在椅背上休息的时光，我就想起：我在这里努力这种全体姿势的研究，肌肉起伏的研究，卷发胡须的研究，谁知也是为了追求视觉的慰藉呢？这些苦工，似乎与慰藉相去太远，似乎与前述的玩具和彩伞全不相关，谁知它们是出于同一要求之下的工作呢！我知道了，我是正在舍弃了目前的小慰藉而从事奋斗，希望由此获得更大的慰藉。

说来自己也不相信：经过了长期的石膏模型奋斗之后，我的环境渐渐变态起来了。我觉得眼前的“形状世界”不复如昔日之混沌，各种形状都能对我表示一种意味，犹如各个人的脸孔一般。地上的泥形，天上的云影，墙上的裂纹，桌上的水痕，都对我表示一种态度，各种植物的枝、叶、花、果，也争把各人所独具的特色装出来给我看。更有稀奇的事，以前看惯的文字，忽然每个字变成了一副脸孔，向我装着各种的表情。以前到惯的地方，忽然每一处都变成了一个群众的团体，家屋、树木、小路、石桥……各变成了团体中的一员，各演出相当的姿势而凑成这个团体，犹如耶稣与十二门徒凑成一幅《最后的晚餐》一般……读者将以为我的话太玄妙吗？并不！石膏模型写生是教人研究世间最复杂最困难的各种形、线、调、色的。习惯了这种研究之后，对于一切形、线、调、色自会敏感起来。这犹之专翻电报的人，看见数目字自起种种联想，又好比熟习音乐的人，听见自然界各种声音时自能辨别其音的高低、强弱和音色。我久习石膏模型写生，入门于形的世界之后，果然多得了种种视觉的粮食：例如名画，以前看了莫名其妙的，现在懂得了一些好处。又如优良的雕刻，古代的佛像，以前未能相信先辈们的赞美的，现在自己也不期对他们赞美起来。又如古风的名建筑，洋风的名建筑，以前只知道它们的工程浩大，现在渐渐能够体贴建筑家的苦心，知道这些确是地上的伟大而美丽的建设了。又如以前临《张猛龙碑》《龙门二十品》《魏齐造像》，只是盲从先辈的指导，自己非但不解这些字的好处，有时却在心中窃怪，写字为什么要拿这种参差不整，残缺不全的古碑为模范？但现在渐渐发觉这等字的笔致与结构的可爱了。不但对于各种美术如此，在日常生活上，我也改变了看法：以前看见描着工细的金碧花纹的瓷器，总以为是可贵的，现在觉得大多数恶俗不足观，反不如本色的或简图案的瓷器来得悦目。以前看见华丽的衣服总以为是可贵的，现在觉得大多数恶劣不堪，反不如无花纹的，或纯白纯黑的来得悦目。以前也欢喜供一个盆景，养两个金鱼，现在觉得这些小玩意的美感太弱，与其赏盆景与金鱼，不如跑到田野中去一视伟大的自然美。我把以前收藏着的香烟里的画片两大匣如数送给了邻家的儿童。

我的美术鉴赏眼，显然是已被石膏模型写生的磨炼所提高了。然而这在视觉慰藉的追求上，是大不利的！我们这国家，民生如此凋敝，国民教养如此缺乏。“饱暖思美术”，我们的一般民众求饱暖尚不可得，哪有讲美术的余暇呢？因此我们的环境，除了山水原野等自然之外，凡人类社会，大多数地方只有起码的建设，谈不到美术，一所市镇，只要有了米店、棺材店、当铺、茅坑等日用缺少不来的设备，就算完全，更无暇讲求“市容”了。一个学校，只要有了座位和黑板等缺少不得的设备，就算完全，更无暇讲求艺术的陶冶了。一个家庭，只要有了灶头、眠床、板桌、马桶等再少不来的设备，也算完全，更无暇讲求形式的美观了。带了提高了的美术鉴赏眼，而处在上述的社会环境中，试问向哪里去追求视觉的慰藉呢？以前我还可没头于红沙泥模子的塑印中，及彩伞的制作中，在那里贪享视觉的快感。可是现在，这些小玩意只能给我的眼当作小点心，却不能当作粮食了。我的眼，所要求的粮食，原来并非贵族的、高雅的、深刻的美术品，但求妥帖的、调和的、自然的、悦目的形象而已。可是在目前的环境中，最缺乏的是这种形象。有时我笼闭在房间里，把房间当作一个小天地，施以妥帖、调和、自然而悦目的布置，苟安地在那里追求一些视觉的慰藉。或者，埋头在白纸里，将白纸当作一个小天地，施以妥帖、调和、自然而悦目的经营，空想地在那里追求一些视觉的慰藉。到了这等小天地被我看厌，视觉饥荒起来的时候，我唯有走出野外，向伟大的自然美中去找求粮食。然而这种粮食也不常吃。因为它们滋味太过清淡，犹如琼浆仙露，缺乏我们凡人所需要的“人间烟火气”。在人类社会的环境不能供给我以视觉的食粮以前，我大约只能拿这些苟安的、空想的、清淡的形象来聊以充饥了。

第三章

人间有味是清欢

故乡的野菜

周作人

我的故乡不止一个，凡我住过的地方都是故乡。故乡对于我并没有什么特别的情分，只因钓于斯游于斯的关系，朝夕会面，遂成相识，正如乡村里的邻舍一样，虽然不是亲属，别后有时也要想念到他。我在浙东住过十几年，南京东京都住过六年，这都是我的故乡，现在住在北京，于是北京就成了我的家乡了。

日前我的妻往西单市场买菜回来，说起有荠菜在那里卖着，我便想起浙东的事来。荠菜是浙东人春天常吃的野菜，乡间不必说，就是城里只要有后园的人家都可以随时采食，妇女小儿各拿一把剪刀一只“苗篮”，蹲在地上搜寻，是一种有趣味游戏的工作。那时小孩们唱道：“荠菜马兰头，姊姊嫁在后门头。”后来马兰头有乡人拿来进城售卖了，但荠菜还是一种野菜，须得自家去采。关于荠菜向来颇有风雅的传说，不过这似乎以吴地为主。《西湖游览志》云：“三月三日男女皆戴荠菜花。谚云：三春戴荠花，桃李羞繁华。”顾禄的《清嘉录》上亦说：“荠菜花俗呼野菜花，因谚有三月三蚂蚁上灶山之语，三日人家皆以野菜花置灶陉上，以厌虫蚁。侵晨[①]村童叫卖不绝。或妇女簪髻上以祈清目，俗号眼亮花。”但浙东人却不很理会这些事情，只是挑来做菜或炒年糕吃罢了。

黄花麦果通称鼠曲草，系菊科植物，叶小微圆互生，表面有白毛，花黄色，簇生梢头。春天采嫩叶，捣烂去汁，和粉作糕，称黄花麦果糕。小孩们有歌赞美之云：

---

① 侵晨：天快亮的时候。

黄花麦果韧结结，

关得大门自要吃：

半块拿弗出，一块自要吃。

清明前后扫墓时，有些人家——大约是保存古风的人家——用黄花麦果作供，但不作饼状，做成小颗如指顶大，或细条如小指，以五六个作一攒，名曰茧果，不知是什么意思，或因蚕上山时设祭，也用这种食品，故有是称，亦未可知。自从十二三岁时外出不参与外祖家扫墓以后，不复见过茧果，近来住在北京，也不再见黄花麦果的影子了。日本称作“御形”，与荠菜同为春天的七草之一，也采来做点心用，状如艾饺，名曰“草饼”，春分前后多食之，在北京也有，但是吃去总是日本风味，不复是儿时的黄花麦果糕了。

扫墓时候所常吃的还有一种野菜，俗名“草紫”，通称“紫云英”。农人在收获后，播种田内，用作肥料，是一种很被贱视的植物，但采取嫩茎瀹食，味颇鲜美，似豌豆苗。花紫红色，数十亩接连不断，一片锦绣，如铺着华美的地毯，非常好看，而且花朵状若蝴蝶，又如鸡雏，尤为小孩所喜。间有白色的花，相传可以治痢，很是珍重，但不易得。日本《俳句大辞典》云："此草与蒲公英同是习见的东西，从幼年时代便已熟识。在女人里边，不曾采过紫云英的人，恐未必有罢。"中国古来没有花环，但紫云英的花球却是小孩常玩的东西，这一层我还替那些小人们欣幸的。浙东扫墓用鼓吹，所以少年常随了乐音去看"上坟船里的姣姣"；没有钱的人家虽没有鼓吹，但是船头上篷窗下总露出些紫云英和杜鹃的花束，这也就是上坟船的确实的证据了。

吃 的

朱自清

提到欧洲的吃喝，谁总会想到巴黎，伦敦是算不上的。不用说别的，就说煎山药蛋吧。法国的切成小骨牌块儿，黄争争的，油汪汪的，香喷喷的；英国的“条儿”（chips）却半黄半黑，不冷不热，干干的什么味也没有，只可以当饱罢了。再说英国饭吃来吃去，主菜无非是煎炸牛肉排羊排骨，配上两样素菜；记得在一个人家住过四个月，只吃过一回煎小牛肝儿，算是新花样。可是菜做得简单，也有好处；材料坏容易见出，像大陆上厨子将坏东西做成好样子，在英国是不会的。大约他们自己也觉着腻味，所以一九二六那一年有一位华衣脱女士（E. White）组织了一个英国民间烹调社，搜求各市各乡的食谱，想给英国菜换点花样，让它好吃些。一九三一年十二月烹调社开了一回晚餐会，从十八世纪以来的食谱中选了五样菜（汤和点心在内），据说是又好吃，又不费事。这时候正是英国的国货年，所以报纸上颇为揄扬一番。可是，现在欧洲的风气，吃饭要少要快，那些陈年的老古董，怕总有些不合时宜吧。

吃饭要快，为的忙，欧洲人不能像咱们那样慢条斯理的，大家知道。干吗要少呢？为的卫生，固然不错，还有别的：女的男的都怕胖。女的怕胖，胖了难看；男的也爱那股标劲儿，要像个运动家。这个自然说的是中年人少年人；老头子挺着个大肚子的却有的是。欧洲人一日三餐，分量颇不一样。像德国，早晨只有咖啡面包，晚间常冷食，只有午饭重些。法国早晨是咖啡、月芽饼，午饭晚饭似乎一般分量。英国却早晚饭并重，午饭轻些。英国讲究早饭，和我国成都等处一样。有麦粥、火腿蛋、面包、茶，有时还有熏咸鱼、果子。午饭顶简单的，可以只吃一块烤面包，一杯咖啡；有些小饭店里出卖午饭盒子，是些冷鱼冷肉之类，却没有卖晚饭盒子的。

伦敦头等饭店总是法国菜，二等的有意大利菜、法国菜、瑞士菜之分；旧城馆子和茶饭店等才是本国味道。茶饭店与煎炸店其实都是小饭店的别称。茶饭店的“饭”原指的午饭，可是卖的东西并不简单，吃晚饭满成；煎炸店除了煎炸牛肉排羊排骨之外，也卖别的。头等饭店没去过，意大利的馆子却去过两家。一家在牛津街，规模很不小，晚饭时有女杂耍和跳舞。只记得那回第一道菜是生蚝之类；一种特制的盘子，边上围着七八个圆格子，每格放半个生蚝，吃起来很雅相。另一家在由斯敦路，也是个热闹地方。这家却小小的，通心细粉做得最好；将粉切成半分来长的小圈，用黄油煎熟了，平铺在盘里，撒上干酪（计司）粉，轻松鲜美，妙不可言。还有炸“搦气蚝”，鲜嫩清香，蝤蛑、瑶柱都不能及；只有宁波的蛎黄仿佛近之。

茶饭店便宜的有三家：拉衣恩司（Lyons），快车奶房，ABC面包房。每家都开了许多店子，遍布市内外；ABC比较少些，也贵些，拉衣恩司最多。快车奶房炸小牛肉小牛肝和红烧鸭块都还可口；他们烧鸭块用木炭火，所以颇有中国风味。ABC炸牛肝也可吃，但火急肝老，总差点事；点心烤得却好，有几件比得上北平法国面包房。拉衣恩司似乎没什么出色的东西；但他家有两处“角店”，都在闹市转角处，那里却有好吃的。角店一是上下两大间，一是三层三大间，都可容一千五百人左右；晚上有乐队奏乐。一进去只见黑压压的坐满了人，过道处窄得可以，但是气象颇为阔大（有个英国学生讥为“穷人的宫殿”，也许不错）；在那里往往找了半天站了半天才等着空位子。这三家所有的店子都用女侍者，只有两处角店里却用了些男侍者——男侍者工钱贵些。男女侍者都穿了黑制服，女的更戴上白帽子，分层招待客人。也只有在角店里才要给点小费（虽然门上标明“无小费”字样），别处这三家开的铺子里都不用给的。曾去过一处角店，烤鸡做得还入味；但是一只鸡腿就合中国一元五角，若吃鸡翅还要贵点。茶饭店有时备着骨牌，等等，供客人消遣，可是向侍者要了玩的极少；客人多的地方，老是有人等位子，干脆就用不着备了。此外还有一些生蚝店，专吃生蚝，不便宜；一位房东太太告诉我说“不卫生”，但是吃的人也不见少。吃生蚝却不宜在夏天，所以英国人说月名中没有“R”（五六七八月），生蚝就不当令了。伦敦中国饭店也有七八家，贵贱差得很大，看地方而定。菜虽也有些高低，可都是变相的广东味，远不如上海新雅好。在一家广东楼要过一碗鸡肉馄饨，合中国一元六角，也够贵了。

茶饭店里可以吃到一种甜烧饼（muffin）和窝儿饼（crumpet）。甜烧饼仿佛我们的火烧，但是没馅，软软的，略有甜味，好像掺了米粉做的。窝儿饼面上有好些小窝窝儿，像蜂房，比较地薄，也像掺了米粉。这两样大约都是法国来的；但甜烧饼来得早，至少二百年前就有了。厨师多住在祝来巷（Drury Lane），就是那著名的戏园子的地方；从前用盘子顶在头上卖，手里摇着铃子。

那时节人家都爱吃，买了来，多多抹上黄油，在客厅或饭厅壁炉上烤得热辣辣的，让油都浸进去，一口咬下来，要不沾到两边口角上。这种偷闲的生活是很有意思的。但是后来的窝儿饼浸油更容易，更香，又不太厚，太软，有咬嚼些，样式也波俏；人们渐渐地喜欢它，就少买那甜烧饼了。一位女士看了这种光景，心下难过；便写信给《泰晤士报》，为甜烧饼抱不平。《泰晤士报》特地做了一篇小社论，劝人吃甜烧饼以存古风；但对于那位女士所说的窝儿饼的坏话，却宁愿存而不论，大约那论者也是爱吃窝儿饼的。

复活节（三月）时候，人家吃煎饼（pancake），茶饭店里也卖；这原是忏悔节（二月底）忏悔人晚饭后去教堂之前吃了好熬饿的，现在却在早晨吃了。饼薄而脆，微甜。北平中原公司卖的“胖开克”（煎饼的音译）却未免太“胖”，而且软了。——说到煎饼，想起一件事来：美国麻省勃克夏地方（Berkshire Country）有“吃煎饼竞争”的风俗，据《泰晤士报》说，一九三二的优胜者一气吃下四十二张饼，还有腊肠热咖啡。这可算“真正大肚皮”了。

英国人每日下午四时半左右要喝一回茶，就着烤面包黄油。请茶会时，自然还有别的，如火腿夹面包，生豌豆苗夹面包，茶馒头（tea scone），等等。他们很看重下午茶，几乎必不可少。又可乘此请客，比请晚饭简便省钱得多。英国人喜欢喝茶，对于喝咖啡，和法国人相反；他们也煮不好咖啡。喝的茶现在多半是印度茶；茶饭店里虽卖中国茶，但是主顾寥寥。不让利权外溢固然也有关系，可是不利于中国茶的宣传（如说制时不干净）和茶味太淡才是主要原因。印度茶色浓味苦，加上牛奶和糖正合适；中国红茶不够劲儿，可是香气好。奇怪的是茶饭店里卖的，色香味都淡得没影子。那样茶怎么会运出去，真莫名其妙。

街上偶然会碰着提着筐子卖落花生的（巴黎也有），推着四轮车卖炒栗子的，教人有故国之思。花生栗子都装好一小口袋一小口袋的，栗子车上有炭炉子，一面炒，一面装，一面卖。这些小本经纪在伦敦街上也颇古色古香，点缀一气。栗子是干炒，与我们“糖炒”的差得太多了。——英国人吃饭时也有干果，如核桃、榛子、榧子，还有巴西乌菱（原名Brazils，巴西出产，中国通称“美国乌菱”），乌菱实大而肥，香脆爽口，运到中国的太干，便不大好。他们专有一种干果夹，像钳子，将干果夹进去，使劲一握夹子柄，“格”的一声，皮壳碎裂，有些蹦到远处，也好玩的。苏州有瓜子夹，像剪刀，却只透着玲珑小巧，用不上劲儿去。

南北的点心

周作人

中国地大物博，风俗与土产随地各有不同，因为一直缺少人记录，有许多值得也是应该知道的事物，我们至今不能知道清楚，特别是关于衣食住的事项。我这里只就点心这个题目，依据浅陋所知，来说几句话，希望抛砖引玉，有旅行既广，游历又多的同志们，从各方面来报道出来，对于爱乡爱国的教育，或者也不无小补吧。

我是浙江东部人，可是在北京住了将近四十年，因此南腔北调，对于南北情形都知道一点，却没有深厚的了解。据我的观察来说，中国南北两路的点心，根本性质上有一个很大的区别，简单地下一句断语，北方的点心是常食的性质，南方的则是闲食。我们只看北京人家做饺子馄饨面总是十分茁实，馅决不考究；面用芝麻酱拌，最好也只是炸酱；馒头全是实心。本来是代饭用的，只要吃饱就好，所以并不求精。若是回过来走到东安市场，往五芳斋去叫了来吃，尽管是同样名称，做法便大不一样，别说蟹黄包子、鸡肉馄饨，就是一碗三鲜汤面，也是精细鲜美的。可是有一层，这绝不可能吃饱当饭，一则因为价钱比较贵，二则昔时无此习惯。抗战以后上海也有阳春面，可以当饭了，但那是新时代的产物，在老辈看来，是不大可以为训的。我母亲如果在世，已有一百岁了，她生前便是绝对不承认点心可以当饭的，有时生点小毛病，不喜吃大米饭，随叫家里做点馄饨或面来充饥，即使一天里仍然吃过三回，她却总说今天胃口不开，因为吃不下饭去，因此可以证明那馄饨和面都不能算是饭。这种论断，虽然有点近于武断，但也可以说是有客观的佐证，因为南方的点心是闲食，做法也是趋于精细鲜美，不取茁实一路的。上文五芳斋固然是很好的例子，我还可以再举出南方做烙饼的方法来，更为具体，也有意思。我们故乡是在钱塘江的东岸，那里不常吃面食，可是有烙饼这物事。这里要注意的，是“烙”不读作“老”字音，乃是“洛”字入声，又名为山东饼，这证明原来是模仿大饼而做的，但是烙法却大不相同了。乡间卖馄饨、面和馒头都分别有专门的店铺，唯独这烙饼只有摊，而且也不是每天都有，这要等待那里有社戏，才有几个摆在戏台附近，供看戏的人买吃，价格是每个制钱三文，计油条价二文，葱酱和饼只要一文罢了。做法是先将原本两折的油条扯开，改作三折，在熬盘上烤焦，同时在预先做好的直径约二寸，厚约一分的圆饼上，满搽红酱和辣酱，撒上葱花，卷在油条外面，再烤一下，就做成了。它的特色是油条加葱酱烤过，香辣好吃，那所谓饼只是包裹油条的东西，乃是客而非主，拿来与北方原来的大饼相比，厚大如茶盘，卷上黄酱与大葱，大嚼一张，可供一饱，这里便显出很大的不同来了。

上边所说的点心偏于面食一方面，这在北方本来不算是闲食吧。此外还有一类干点心，北京称为饽饽，这才当作闲食，大概与南方并无什么差别。但是这里也有一点不同，据我的考察，北方的点心历史古，南方的历史新，古者可能还有唐宋遗制，新的只是明朝中叶吧。点心铺招牌上有常用的两句话，我想借来用在这里，似乎也还适当，北方可以称为“官礼茶食”，南方则是“嘉湖细点”。

我们这里且来作一点烦琐的考证，可以多少明白这时代的先后。查清顾张思的《土风录》卷六，“点心”条下云：“小食曰点心，见吴曾《漫录》。唐郑傪为江淮留后，家人备夫人晨馔，夫人谓其弟曰：‘治妆未毕，我未及餐，尔且可点心。’俄而女仆请备夫人点心，傪诟曰：‘适已点心，今何得又请！’”由此可知点心古时即是晨馔。同书又引周辉《北辕录》云：“洗漱冠栉毕，点心已至。”后文说明点心中馒头馄饨包子等，可知说的是水点心，在唐朝已有此名了。茶食一名，据《土风录》云：“干点心曰茶食，见宇文懋昭《金志》：‘婿先期拜门，以酒馔往，酒三行，进大软脂小软脂，如中国寒具，又进蜜糕，人各一盘，曰茶食。’《北辕录》云：‘金国宴南使，未行酒，先设茶筵，进茶一盏，谓之茶食。’”茶食是喝茶时所吃的，与小食不同，大软脂，大抵有如蜜麻花，蜜糕则明系蜜饯之类了。从文献上看来，点心与茶食两者原有区别，性质也就不同，但是后来早已混同了。本文中也就混用，那招牌上的话也只是利用现代文句，茶食与细点作同义语看，用不着再分析了。

我初到北京来的时候，随便在饽饽铺买点东西吃，觉得不大满意，曾经埋怨过这个古都市，积聚了千年以上的文化历史，怎么没有做出些好吃的点心来。老实说，北京的大八件小八件，尽管名称不同，吃起来不免单调，正和五芳斋的前例一样，东安市场内的稻香春所做南式茶食，并不齐备，但比起来也显得花样要多些了。过去时代，皇帝向在京里，他的享受当然是很豪华的，却也并不曾创造出什么来，北海公园内旧有“仿膳”，是前清御膳房的做法，所做小点心，看来也是平常，只是做得小巧一点而已。南方茶食中有些东西，是小时候熟悉的，在北京都没有，也就感觉不满足，例如糖类的酥糖、麻片糖、寸金糖，片类的云片糕、椒桃片、松仁片，软糕类的松子糕、枣子糕、蜜仁糕、橘红糕等。此外有缠类，如松仁缠、核桃缠，乃是在干果上包糖，算是上品茶食，其实倒并不怎么好吃。南北点心粗细不同，我早已注意到了，但这是怎么一个系统，为什么有这差异？那我也没有法子去查考，因为孤陋寡闻，而且关于点心的文献，实在也不知道有什么书籍。但是事有凑巧，不记得是哪一年，或者什么原因了，总之见到几件北京的旧式点心，平常不大碰见，样式有点别致的，这使我忽然大悟，心想这岂不是在故乡见惯的“官礼茶食”吗？故乡旧式结婚后，照例要给亲戚本家分“喜果”，一种是干果，计核桃、枣子、松子、榛子，讲究的加荔枝、桂圆。又一种是干点心，记不清它的名字。查范寅《越谚》饮食门下，记有金枣和珑缠豆两种，此外我还记得有佛手酥、菊花酥和蛋黄酥等三种。这种东西，平时不通销，店铺里也不常备，要结婚人家订购才有，样子虽然不差，但材料不大考究，即使是可以吃得的佛手酥，也总不及红绫饼或梁湖月饼，所以喜果送来，只供小孩们胡乱吃一阵，大人是不去染指的。可是这类喜果却大抵与北京的一样，而且结婚时节非得使用不可。云片糕等虽是比较要好，却是决不使用的。这是什么理由？这一类点心是中国旧有的，历代相承，使用于结婚仪式。一方面时势转变，点心上发生了新品种，然而一切仪式都是守旧的，不轻易容许改变，因此即使是送人的喜果，也有一定的规矩，要定做现今市上不通行了的物品来使用。同是一类茶食，在甲地尚在通行，在乙地已出了新的品种，只留着用于“官礼”，这便是南北点心情形不同的原因了。

上文只说得“官礼茶食”，是旧式的点心，至今流传于北方。至于南方点心的来源，那还得另行说明。“嘉湖细点”这四个字，本是招牌和仿单上的口头禅，现在正好借用过来，说明细点的起源。因为据我的了解，那时期当为前明中叶，而地点则是东吴西浙，嘉兴湖州正是代表地方。我没有文书上的资料，来证明那时吴中饮食丰盛奢华的情形，但以近代苏州饮食风靡南方的事情来作比，这里有点类似。明朝自永乐以来，政府虽是设在北京，但文化中心一直还是在江南一带。那里官绅富豪生活奢侈，茶食一类也就发达起来。就是水点心，在北方作为常食的，也改做得特别精美，成为以赏味为目的的闲食了。这南北两样的区别，在点心上存在得很久，这里固然有风俗习惯的关系，一时不易改变；但在“百花齐放”的今日，这至少该得有一种进展了吧。其实这区别不在于质而只是量的问题，换一句话即是做法的一点不同而已，我们前面说过，家庭的鸡蛋炸酱面与五芳斋的三鲜汤面，固然是一例。此外则有大块粗制的窝窝头，与“仿膳”的一碟十个的小窝窝头，也正是一样的变化。北京市上有一种爱窝窝，以江米煮饭捣烂（即是糍粑）为皮，中裹糖馅，如元宵大小。李光庭在《乡言解颐》中说明它的起源云：相传明世中官有嗜之者，因名御爱窝窝，今但曰爱而已。这里便是一个例证，在明清两朝里，窝窝头一件食品，便发生了两个变化了。本来常食闲食，都有一定习惯，不易轻轻更变，在各处都一样是闲食的干点心则无妨改良一点做法，做得比较精美，在人民生活水平日益提高的现在，这也未始不是切合实际的事情吧。国内各地方，都富有不少有特色的点心，就只因为地域所限，外边人不能知道，我希望将来不但有人多多报道，而且还同土产果品一样，陆续输到外边来，增加人民的口福。

酸梅汤与糖葫芦

梁实秋

夏天喝酸梅汤，冬天吃糖葫芦，在北平是不分阶级人人都能享受的事。不过东西也有精粗之别。琉璃厂信远斋的酸梅汤与糖葫芦，特别考究，与其他各处或街头小贩所供应者大有不同。

徐凌霄《旧都百话》关于酸梅汤有这样的记载：

暑天之冰，以冰梅汤为最流行，大街小巷，干鲜果铺的门口，都可以看见“冰镇梅汤”四字的木檐横额。有的黄底黑字，甚为工致，迎风招展，好似酒家的帘子一样，使过往的热人，望梅止渴，富于吸引力。昔年京朝大老，贵客雅流，有闲工夫，常常要到琉璃厂逛逛书铺，品品古董，考考版本，消磨长昼。天热口干，辄以信远斋梅汤为解渴之需。

信远斋铺面很小，只有两间小小门面，临街是旧式玻璃门窗，拂拭得一尘不染，门楣上一块黑漆金字匾额，铺内清洁简单，地道的北平式装修。进门右手方有一黑漆大木桶，里面有一大白瓷罐，罐外周围全是碎冰，罐里是酸梅汤。所以名为“冰镇”，北平的冰是从什刹海或护城河挖取藏在窖内的，冰块里可以看见草皮、木屑，泥沙秽物更不能免，是不能放在饮料里喝的。什刹海会贤堂的名件“冰碗”，莲蓬、桃仁、杏仁、菱角、藕都放在冰块上，食客不嫌其脏，真是不可思议。有人甚至把冰块放在酸梅汤里！信远斋的冰镇就高明多了。因为桶大、罐小、冰多，喝起来凉沁脾胃。它的酸梅汤的成功秘诀，是冰糖多、梅汁稠、水少，所以味浓而酽。上口冰凉，甜酸适度，含在嘴里如品纯醪，舍不得下咽。很少人能站在那里喝那一小碗而不再喝一碗的。抗战胜利还乡，我带孩子们到信远斋，我准许他们能喝多少碗都可以。他们连尽七碗方始罢休。我每次去喝，不是为解渴，是为解馋。我不知道为什么没有人动脑筋把信远斋的酸梅汤制为罐头行销各地，而一任“可口可乐”到处猖狂。

信远斋也卖酸梅卤、酸梅糕。卤冲水可以制酸梅汤，但是无论如何不能像站在那木桶旁边细啜那样有味。我自己在家也曾试做，在药铺买了乌梅，在干果铺买了大块冰糖，不惜工本，仍难如愿。信远斋掌柜姓萧，一团和气，我曾问他何以仿制不成，他回答得很妙：“请您过来喝，别自己费事了。”

信远斋也卖蜜饯、冰糖子儿、糖葫芦。以糖葫芦为最出色。北平糖葫芦分三种。一种用麦芽糖，北平话是“糖稀”，可以做大串山里红的糖葫芦，可以长达五尺多，这种大糖葫芦，新年厂甸卖的最多。麦芽糖裹水杏儿（没长大的绿杏），很好吃，做糖葫芦就不见佳，尤其是山里红常是烂的或是带虫子屎。另一种用白糖和了粘上去，冷了之后白汪汪的一层霜，别有风格。正宗是冰糖葫芦，薄薄一层糖，透明雪亮。材料种类甚多，诸如海棠、山药、山药豆、杏干、葡萄、橘子、荸荠、核桃，但是以山里红为正宗。山里红，即山楂，北地盛产，味酸，裹糖则极可口。一般的糖葫芦皆用半尺来长的竹签，街头小贩所售，多染尘沙，而且品质粗劣。东安市场所售较为高级。但仍以信远斋所制为最精，不用竹签，每一颗山里红或海棠均单个独立，所用之果皆硕大无疵，而且干净，放在垫了油纸的纸盒中由客携去。

离开北平就没吃过糖葫芦，实在想念。近有客自北平来，说起糖葫芦，据称在北平这种不属于任何一个阶级的食物几已绝迹。他说我们在台湾自己家里也未尝不可试做，台湾虽无山里红，其他水果种类不少，蘸了冰糖汁，放在一块涂了油的玻璃板上，送入冰箱冷冻，岂不即可等着大嚼？他说他制成之后将邀我共尝，但是迄今尚无下文，不知结果如何。

五　味

汪曾祺

山西人真能吃醋！几个山西人在北京下饭馆，坐定之后，还没有点菜，先把醋瓶子拿过来，每人喝了三调羹醋。邻座的客人直瞪眼。有一年我到太原去，快过春节了。别处过春节，都供应一点好酒，太原的油盐店却都贴出一个条子："供应老陈醋，每户一斤。"这在山西人是大事。

山西人还爱吃酸菜，雁北尤甚。什么都拿来酸，除了萝卜白菜，还包括杨树叶子，榆树钱儿。有人来给姑娘说亲，当妈的先问，那家有几口酸菜缸。酸菜缸多，说明家底子厚。

辽宁人爱吃酸菜白肉火锅。

北京人吃羊肉酸菜汤下杂面。

福建人、广西人爱吃酸笋。我和贾平凹在南宁，不爱吃招待所的饭，到外面瞎吃。平凹一进门，就叫："老友面！""老友面"煮酸笋肉丝氽汤下面也，不知道为什么叫作"老友"。

傣族人也爱吃酸，酸笋炖鸡是名菜。

延庆山里夏天爱吃酸饭。把好好的饭焐酸了，用井拔凉水一和，呼呼地就下去了三碗。

都说苏州菜甜，其实苏州菜只是淡，真正甜的是无锡。无锡炒鳝糊放那么多糖！包子的肉馅里也放很多糖，没法吃！

四川夹沙肉用大片肥猪肉夹了洗沙蒸，广西芋头扣肉用大片肥猪肉夹芋泥蒸，都极甜，很好吃，但我最多只能吃两片。

广东人爱吃甜食。昆明金碧路有一家广东人开的甜品店，卖芝麻糊、绿豆沙，广东同学趋之若鹜。“番薯糖水”即用白薯切块熬的汤，这有什么好喝的呢？广东同学曰：“好也！”

北方人不是不爱吃甜，只是过去糖难得。我家曾有老保姆，正定乡下人，六十多岁了。她还有个婆婆，八十几了。她有一次要回乡探亲，临行称了二斤白糖，说她的婆婆就爱喝个白糖水。

北京人很保守，过去不知苦瓜为何物，近年有人学会吃了。菜农也有种的了。农贸市场上有很好的苦瓜卖，属于“细菜”，价颇昂。

北京人过去不吃蕹菜，不吃木耳菜，近年也有人爱吃了。

北京人在口味上开放了！

北京人过去就知道吃大白菜。由此可见，大白菜主义是可以被打倒的。

北方人初春吃苣荬菜。苣荬菜分甜荬、苦荬，苦荬相当的苦。

有一个贵州的年轻女演员上我们剧团学戏，她的妈妈不远迢迢给她寄来一包东西，是“者耳根”，或名“则尔根”，即鱼腥草。她让我尝了几根。这是什么东西？苦倒不要紧，它有一股强烈的生鱼腥味，实在招架不了！

剧团有一干部，是写字幕的，有时也管杂务。此人是个吃辣的专家。他每天中午饭不吃菜，吃辣椒下饭。全国各地的，少数民族的，各种辣椒，他都千方百计地弄来吃，剧团到上海演出，他帮助搞伙食，这下好，不会缺辣椒吃。原以为上海辣椒不好买，他下车第二天就找到一家专卖各种辣椒的铺子。上海人有一些是能吃辣的。

我的吃辣是在昆明练出来的，曾跟几个贵州同学在一起用青辣椒在火上烧烧，蘸盐水下酒。平生所吃辣椒亦多矣，什么朝天椒、野山椒，都不在话下。我吃过最辣的辣椒是在越南。一九四六年，由越南转道往上海，在海防街头吃牛肉粉，牛肉极嫩，汤极鲜，辣椒极辣。一碗汤粉，放三四丝辣椒就辣得不行。这种辣椒的颜色是橘黄色的。在川北，听说有一种辣椒，本身不能吃，用一根线吊在灶上，汤做得了，把辣椒在汤里涮涮，就辣得不得了。云南佧佤族有一种辣椒，叫“涮涮辣”，与川北吊在灶上的辣椒大概不相上下。

四川不能说是最能吃辣的省份。川菜的特点是辣且麻——搁很多花椒。四川的小面馆的墙壁上黑漆大书三个字：麻辣烫。麻婆豆腐、干煸牛肉丝、棒棒鸡，不放花椒不行。花椒得是川椒，捣碎，菜做好了，最后再放。

周作人说他的家乡整年吃咸极了的咸菜和咸极了的咸鱼，浙东人确实吃得很咸。有个同学，是台州人，到铺子里吃包子，掰开包子就往里倒酱油。口味的咸淡和地域是有关系的。北京人说南甜北咸东辣西酸，大体不错。河北人、东北人口重，福建菜多很淡。但这与个人的性格习惯也有关。湖北菜并不咸，但闻一多先生却嫌云南蒙自的菜太淡。

中国人过去对吃盐很讲究，如桃花盐、水晶盐，“吴盐胜雪”，现在则全国都吃再制精盐。只有四川人腌咸菜还用自流井的井盐。

我不知道世界上还有什么国家的人爱吃臭。

过去上海、南京、汉口都卖油炸臭豆腐干。长沙火宫殿的臭豆腐因为一个大人物年轻时常吃而出名。这位大人物后来还去吃过，说了一句话："火宫殿的臭豆腐还是好吃。""文化大革命"中火宫殿的影壁上就出现了两行大字：

最高指示：

火宫殿的臭豆腐还是好吃。

我们一个同志到南京出差，他的爱人是南京人，嘱咐他带一点臭豆腐干回来。他千方百计，居然办到了。带到火车上，引起一车厢的人强烈抗议。

除豆腐干外，面筋、百叶（千张）亦可臭。蔬菜里的莴苣、冬瓜、豇豆皆可臭。冬笋的老根咬不动，切下来随手就扔进臭坛子里。——我们那里很多人家都有个臭坛子，一坛子"臭卤"。腌芥菜挤下的汁放几天即成"臭卤”。臭物中最特殊的是臭苋菜秆。苋菜长老了，主茎可粗如拇指，高三四尺。截成二寸许小段，入臭坛。臭熟后，外皮是硬的，里面的芯成果冻状。噙住一头，一吸，芯肉即入口中。这是佐粥的无上妙品。我们那里叫作“苋菜秸子”，湖南人谓之“苋菜咕”，因为吸起来“咕”的一声。

北京人说的臭豆腐指臭豆腐乳。过去是小贩沿街叫卖的：“臭豆腐，酱豆腐，王致和的臭豆腐。”臭豆腐就贴饼子，熬一锅虾米皮白菜汤，好饭！现在王致和的臭豆腐用很大的玻璃方瓶装，很不方便，一瓶一百块，得很长时间才能吃完，而且卖得很贵，成了奢侈品。

我在美国吃过最臭的“气死”（干酪），洋人多闻之掩鼻，对我说起来实在没有什么，比臭豆腐差远了。

甚矣，中国人口味之杂也，敢说堪为世界之冠。

饺　子

梁实秋

“好吃不过饺子，舒服不过倒着。”这是北方乡下的一句俗语。北平城里的人不说这句话，因为北平人过去不说饺子，都说“煮饽饽”，这也许是满洲语。我到了十四岁才知道煮饽饽就是饺子。

北方人，不论贵贱，都以饺子为美食。钟鸣鼎食之家有的是人力财力，吃顿饺子不算一回事。小康之家要吃顿饺子要动员全家老少，和面、擀皮、剁馅、包捏、煮，忙成一团，然而亦趣在其中。年终吃饺子是天经地义，有人胃口特强，能从初一到十五顿顿饺子，乐此不疲。当然连吃两顿就告饶的也不是没有。至于在乡下，吃顿饺子不易，也许要在姑奶奶回娘家时候才能有此豪举。

饺子的成色不同，我吃过最低级的饺子。抗战期间有一年除夕我在陕西宝鸡，餐馆过年全不营业，我踯躅街头，遥见铁路旁边有一草棚，灯火荧然，热气直冒，乃趋就之，竟是一间饺子馆。我叫了二十个韭菜馅饺子，店主还抓了一把带皮的蒜瓣给我，外加一碗热汤。我吃得一头大汗，十分满足。

我也吃过顶精致的一顿饺子。在青岛顺兴楼宴会，最后上了一钵水饺，饺子奇小，长仅寸许，馅子却是黄鱼韭黄，汤是清澈而浓的鸡汤，表面上还漂着少许鸡油。大家已经酒足菜饱，禁不住诱惑，还是给吃得精光，连连叫好。

做饺子第一面皮要好。店肆现成的饺子皮，碱太多，煮出来滑溜溜的，咬起来韧性不足。所以一定要自己和面，软硬合度，而且要多醒一阵子。盖上一块湿布，防干裂。擀皮子不难，久练即熟，中心稍厚，边缘稍薄。包的时候一定要用手指捏紧。有些店里伙计包饺子，用拳头一握就是一个，快则快矣，煮出来一个个的面疙瘩，一无是处。

饺子馅各随所好。有人爱吃荠菜，有人怕吃茴香。有人要薄皮大馅，最好是一兜儿肉，有人愿意多羼青菜（有一位太太应邀吃饺子，咬了一口大叫，主人以为她必是吃到了苍蝇、蟑螂什么的，她说："怎么，这里面全是菜！"主人大窘）。有人以为猪肉冬瓜馅最好，有人认定羊肉白菜馅为正宗。韭菜馅有人说香，有人说臭，天下之口并不一定同嗜。

冷冻饺子是不得已而为之，还是新鲜的好。据说新发明了一种制造饺子的机器，一贯作业，整洁迅速，我尚未见过。我想最好的饺子机器应该是——人。

吃剩下的饺子，冷藏起来，第二天油锅里一炸，炸得焦黄，好吃。

胡桃云片

丰子恺

凭窗闲眺，想觅一个随感的题目。

说出来真觉得有些惭愧：今天我对于展开在窗际的“一·二八”战争的炮火的痕迹，不能兴起“抗日救国”的愤慨，而独仰望天际散布的秋云，甜蜜地联想到松江的胡桃云片。也想把胡桃云片隐藏在心里，而在嘴上说抗日救国。但虚伪还不如惭愧些吧。

三四年前在松江任课的时候，每星期课毕返上海，黄包车经过望江楼隔壁的茶食店，必然停一停车，买一尺胡桃云片带回去吃。这种茶食是否为松江的名物，我没有调查过。我是有一回同一个朋友在望江楼喝茶，想买些点心吃吃，偶然在隔壁的茶食店里发现的。发现以后，我每次携了藤筐坐黄包车出城的时候必定要买。后来成为定规，那店员看见我的车子将停下来，就先向橱窗里拿一尺糕来称分量。我走到柜前，不必说话，只需摸出一块钱来等他找我。他找我的有时是两角小洋，有时只几个钢板，视糕的分量轻重而异。每月的糕钱约占了我的薪水的十二分之一，我为什么肯拿薪水的十二分之一来按星期致送这糕店呢？因为这种糕实有使我欢喜之处，且听我说：

云片糕，这个名词高雅得很。“云片”二字是糕的色彩、形状的印象的描写。其白如云，其薄如片，名之曰云片，真是高雅而又适当。假如有一片糕向空中飞，我们大可用古人“白云一片去悠悠”之句来题赞这景象。但我还以为这名词过于象征了些。因为糕的厚薄固然宜于称片，但就糕的轮廓的形状上看，对于上面的“云”字似觉不切。这糕的四边是直线，四根直线围成一个长方形。用直线围成的长方形来比拟天际缭绕不定的云，似乎过于象征而有些牵强了。若把“云片”二字专用于胡桃云片上，那么我就另有一种更有趣味的看法。

胡桃云片，本是加有胡桃的云片糕的意思。想象它的制法，大约是把一块一块的胡桃肉装入米粉里，做成一段长方柱形，然后用刀切成薄薄的片。这样一来，每一片糕上都有胡桃肉的各种各样的切断面的形状。胡桃肉的形体本是非常复杂，现在装入糕中而切成片子，就因了它的位置、方向及各部形体的不同，而在糕片上显出变化多样的形象来。试切下几片来，不要立刻塞进口里，先来当作小小的画片观赏一下。有许多极自然的曲线，描出变化多样的形象，疏疏密密地排列在这些小小的画片上。倘就各个形象看：有的像果物，有的像人形，有的像鸟兽。就全体看：有时像蠹鱼钻过的古书，有时像别的世界的地图，有时像古代的象形文字，然而大都疏密无定，颇像现在窗外的散布着秋云的天空。古人诗云：“人似秋云散处多。”秋天的云，大都是一朵一朵地分散而疏密无定的。这颇像胡桃云片上的模样。故我每吃胡桃云片便想起秋天，每逢秋天便想吃胡桃云片。根据我这看法而称这种糕曰“胡桃云片”，岂不更为雅致适切、更有趣味吗?

松江人似乎曾在胡桃云片上发现了这种画意。他们所制的糕，不像别处的产物似的仅在云片中嵌入胡桃肉，他们在糕的四周用红色的线条作一黄金律的缘，而把胡桃的断面装点在这缘线内。这宛如在一幅中国画上加了装裱，或是在一幅西洋画上加了镜框，画的意趣更加焕发了。这些胡桃肉受了缘的隔离，已与实际的世间绝缘，不复是可食的胡桃肉，而成为独立的美的形体了。

因这缘故，松江的胡桃云片使我特别欢喜。辞了松江的教职以后，我不能常得这种胡桃糕，但时时要想念它，例如今天凭窗闲眺而望天际散布的秋云的时候。读者也许要笑：“你在想吃松江胡桃糕，何必絮絮叨叨地说出这一大篇！”不，不，我要吃糕很容易：到江湾街上去买两百文胡桃肉，七个铜板云片糕，拿回家来用糕包裹胡桃肉，闭了眼睛塞进嘴里，嚼起来味道和松江胡桃云片完全一样。我想念松江胡桃云片，是为了想看。至少，半是为了想看，半是为了想吃。若要说吃，我吃这种糕是并用了眼睛和嘴巴而吃的。

我们中国的市上，仅用嘴巴吃的东西太多了。因此使我拿薪水的十二分之一来按星期致送松江的糕店，又使我在江湾的窗际遥遥地想念松江的胡桃云片。我希望中国到处的市上，并用眼睛和嘴巴来吃的东西渐渐多起来。不但嘴吃的东西，身体各部所用的东西，也都要教眼睛参加进去才好。我又希望中国到处的市上，并用眼睛和身体来用的东西也渐渐多起来。

吃　蟹

周作人

（一）

现在并不是吃蟹的时候，这题目实在乃是看了勤孟先生的文章而引起的，我虽不是蟹迷，但蟹也是要吃的，别无什么好的吃法，只是白煮剥了壳蘸姜醋吃而已，不用自己剥的蟹羹便有点没甚意思。若是面拖蟹我更为反对，虽然小时候在戏文台下也买了点拖油炸的小蟹吃过。我反对面拖蟹，因为其吃法无聊，却并非由于蟹的腰斩之惨，因蟹虾类我们没法子杀它，只好囫囵地蒸煮。这也是一种非刑，却无从改良起。大臣腰斩血书惨字的故事我也听见过，又听说有残酷的草头王喜欢把上半身立即放在拭光的漆桌上，创口吸着，可以活上半天云。这些故事用以形容古时封建君主的凶残是可以的，若是照道理讲来大概不是事实。

腰斩是杀蟹的唯一方法，此外只有活煮了，别的贝类还可以投入沸汤一下子就死，蟹则要只只脚立时掉下的，所以也不适用。世人因此造出一种解释，以为蟹虾螺蛤类是极恶人所转生，故受此报，有人更指定蟹是犯的大逆罪，因为小蟹要吃母蟹的。这话自然不能相信，我们吃蟹时尚且需铁槌木砧，小蟹的钳力量几何，乃能夹开硬壳而吃老蟹之肉乎？

假如要吃蟹，实在没有别的办法，面拖蟹则大可不必吃，这是我个人的意思。

（二）

螃蟹是不是资产阶级的食物，这回答很不大容易。像正阳楼所揭示的胜芳大蟹，的确只有官绅巨贾才吃得起，以前的教书匠们也只能集资聚餐，偶尔去一次而已。可是光绪年间在南京读书的时候，曾经同叔父用了两角小洋买蟹，两个人勉力把蟹炖吃了，剩了半锅的肥大的蟹脚没有办法。现在说来虽然已是古话，这可见又是并不贵了。

吃蟹本是鲜的好，但那醉的腌的也别有味道，很是不坏。醉蟹在都市上虽有出售，乡间只有家里自制，所以比较不易得到，腌蟹则到时候满街满店，有俯拾即是之概，说是某一季的民众副食物也不为过。腌蟹通称淮蟹，译音如此，不知道是哪里来的，形状仍是普通的湖蟹，好的其味不亚于醉蟹，只是没有酒气。俗语云“九月团脐十月尖”，这说明那时是团脐蟹的黄或尖脐的膏最好吃，实际上也是这顶好吃，别的肉在其次。腌蟹的这两部分也是美味，而且据我看还可以说超过鲜蟹，这可以下饭，但过酒更好，不知道喝老酒的朋友有没有赞成这话的。腌蟹的缺点是那相貌不好，俨然是一只死蟹，就是拆作一胛一胛的，也还是那灰青的颜色。从前有人说过，最初吃蟹的人胆量可佩服，若是吃腌蟹的，岂不更在其上了吗?

火　腿

梁实秋

从前北方人不懂吃火腿，嫌火腿有一股陈腐的油腻涩味，也许是不善处理，把“滴油”一部分未加削裁就吃下去了，当然会吃得舌矫不能下，好像舌头要粘住上膛一样。有些北方人见了火腿就发怵，总觉得没有清酱肉爽口。后来许多北方人也能欣赏火腿，不过火腿究竟是南货，在北方不是顶流行的食物。地道的北方餐馆做菜配料，绝无使用火腿，永远是清酱肉。事实上，清酱肉也的确很好，我每次作江南游总是携带几方清酱肉，分馈亲友，无不赞美。只是清酱肉要输火腿特有的一段香。

火腿的历史且不去谈它。也许是宋朝大破金兵的宗泽于无意中所发明。宗泽是义乌人，在金华之东。所以直到如今，凡火腿必曰“金华火腿”。东阳县亦在金华附近，《东阳县志》云：“熏蹄，俗谓火腿，其实烟熏，非火也。腌晒熏将如法者，果胜常品，以所腌之盐必台盐，所熏之烟必松烟，气香烈而善人，制之及时如法，故久而弥旨。”火腿制作方法亦不必细究，总之手续及材料必定很有考究。东阳上蒋村蒋氏一族大部分以制火腿为业，故“蒋腿”特为著名。金华本地常不能吃到好的火腿，上品均已行销各地。

我在上海时，每经大马路，辄至天福市得熟火腿四角钱，店员以利刃切成薄片，瘦肉鲜明似火，肥肉依稀透明，佐酒下饭为无上妙品。至今思之犹有余香。

一九二六年冬，某日吴梅先生宴东南大学同仁于南京北万全，予亦叨陪。席间上清蒸火腿一色，盛以高边大瓷盘，取火腿最精部分，切成半寸见方、高寸许之小块，二三十块矗立于盘中，纯由醇酿花雕蒸制熟透，味之鲜美无与伦比。先生微酡，击案高歌，盛会难忘，于今已有半个世纪有余。

抗战时，某日张道藩先生召饮于重庆之留春坞。留春坞是云南馆子。云南的食物产品，无论是萝卜或是白菜都异常硕大，猪腿亦不例外。故云腿通常均较金华火腿为壮观，脂多肉厚，虽香味稍逊，但是做叉烧火腿则特别出色。留春坞的叉烧火腿，大厚片烤熟夹面包，丰腴适口，较湖南馆子的蜜汁火腿似乎尤胜一筹。

台湾气候太热，不适于制作火腿，但有不少人仿制，结果不是粗制滥造，便是腌晒不足急于发售，带有死尸味；幸而无尸臭，亦是一味死咸，与“家乡肉”无殊。逢年过节，常收到礼物，火腿是其中一色。即使可以食用，其中那根大骨头很难剔除，运斤猛斫，可能砍得稀巴烂而骨尚未断，我一见火腿便觉束手无策，廉价出售不失为一办法，否则只好央由菁清持往熟识商店请求代为肢解。

有人告诉我，整只火腿煮熟是有诀窍的。法以整只火腿浸泡水中三数日，每日换水一二次，然后刮磨表面油渍，用凿子挖出其中的骨头（这层手续不易），用麻绳紧紧捆绑，下锅煮沸二十分钟，然后以微火煮两小时，再大火煮沸，取出冷却，即可食用。像这样繁复的手续，我们哪得工夫？不如买现成的火腿吃（台北有两家上海店可以买到），如果买不到，干脆不吃。

有一次得到一只真的金华火腿，瘦小坚硬，大概是收藏有年。菁清持往熟识商肆，老板奏刀，砉的一声，劈成两截。他怔住了，鼻孔翕张，好像是嗅到了异味，惊叫："这是地道的金华火腿，数十年不闻此味矣！"他嗅了又嗅不忍释手，他要求把爪尖送给他，结果连蹄带爪都送给他了。他说回家去要好好炖一锅汤吃。

美国的火腿，所谓ham，不是不好吃，是另一种东西。如果是现烤出来的大块火腿，表皮上烤出凤梨似的斜方格，趁热切大薄片而食之，亦颇可口，惟不可与金华火腿同日而语。"弗吉尼亚火腿"则又是一种货色，色、香、味均略近似金华火腿，去骨者尤佳，常居海外的游子，得此聊胜于无。

第四章

回到你的精神故乡

青年人怎样锻炼自己

谢觉哉

青年人第一要有志气

一个人有无成就，决定于他青年时期是不是有志气。不论是在过去旧社会或在今天新社会里，凡是那种马马虎虎、得一天过一天的人，总不会有什么出息的。中国历代有许多大学者和大政治家，也常常讲“志气”，如王阳明就说过“志不立，天下无可成之事”；三国时代的诸葛亮曾经告诫他的外甥说“夫志当存高远”，用我们现在的话来说，就是一个人要有远大的理想。古人尚且这样强调立志，我们生活在社会主义社会的青年，社会客观情况如此好，党和毛主席为我们开辟了这样广阔的道路，难道我们还有什么阻碍不能够做一个有志气的人吗！

孔夫子讲“吾十有五而志于学，三十而立”，他十五岁的时候就树立了志气，到三十岁就站得住、立得稳了。即是说有了坚定的立场了，虽然孔夫子的立场，并不是我们的立场。人从十五岁至三十岁，是黄金时代。一个人到了十五岁，就应该想想自己将来要做个什么样的人。青年同志和中年人、老年人不一样，在你们的前面道路还很长，还有好几十年，如果没有一个志向，将如何度过这几十年漫长的道路呢？一个胸无大志的人，或者是容易满足现状，停滞不前，庸庸碌碌地度过一生；或者是常常被个人生活上的一点小事如家庭、婚姻、名利、地位等烦扰，最后毁了自己。可见树雄心、立大志是关系到青年一生成长的重大问题。这里，我不是说成年或老年人不要立志，他们只要有志，一样能有成就，不过总是老了些，很多地方赶不上青年人。

在旧社会里，立志还苦于找不到正确的方向。现在不同了，摆在青年面前的革命道路是宽阔的，大方向是清楚的，只需要在大方向里面确立自己的具体方向，也就是说在革命中具体做什么和如何做。比如你在十五岁以后，客观条件允许你上学，那么你就要考虑学什么，将来才能为社会主义建设出力更大；假如你十五岁以后就从事工作，如果是从事农业生产，你就应当立志做一个农业生产的能手，农业专家，对社会主义的农业要有所建树；如果你从事文教工作，比如像你们当新闻记者，你就要打算在新闻事业上有所成就，要深刻地了解和研究社会各方面的情况，使你的工作真正起到推动社会前进的作用。总之，任何职业都不简单，如果只是一般地完成任务当然不太困难，但要真正在事业上有所成就，给社会作出贡献，就不是那么容易的。所以，搞各行各业都需要树雄心立大志，有了志气才会随时用高标准来要求自己。而不是像有些青年想的那么简单：反正一切都由党安排好了，自己不必再考虑什么，照着办就行了。那是懒汉思想，没有志气的表现。

青年人要勇于斗争

青年人要勇于同困难作斗争，同一切不良倾向作斗争。

困难总是有的。在过去革命斗争中，每前进一步，都要遇到和克服各种各样的困难。有阶级敌人造成的困难，如压迫、限制、白色恐怖、“围剿”封锁等，也有其他的困难，如物质困难及战争中过草地、雪山等。现在我们进行社会主义建设，仍然有各种困难：主观上的困难，如能力不够，知识不足等；客观上的困难，如社会条件、自然条件给我们的各种限制等。总之，前进中克服一重困难，必又遇到新的困难。困难是客观存在的事实，你不承认它是不行的。

但任何困难，只要你不怕它，敢于和它斗争，就可以克服它；如果你怕它，向它投降了，你就不能前进。比如党号召青年参加农业生产，支援农业第一线。有的人说，农村劳动累，怕困难不愿去。可是，你不去谁去呢？都不去就只好大家饿肚子。而事实上，我们全国六亿多人口中，绝大多数人是安家落户在农村的。许多青年的父母，就一直是在农村参加农业生产，难道他们没有困难，年老的父母都不怕困难，年轻的儿女倒怕起困难来了。也有许多青年是不怕困难的，如徐建春、宋喜明、邢燕子……他们勇于和困难斗争，最后终于战胜了种种困难，不仅在农业生产上创造了光辉的成绩，而且把自己也锻炼得更成熟更坚强。

旧社会的少爷小姐，他们生活上就没有什么困难，可是那些人没有几个是健康的。《红楼梦》里的林黛玉就很不健康，弱不禁风。前晚我们看秦腔《蝴蝶杯》的戏，那个总督的儿子卢世宽，体弱不堪一击，在龟山被田玉川几拳就打死了。因为这些人都是饭来张口、衣来伸手，四肢从来没有锻炼过。

可见，困难不仅可以磨炼我们的意志，还可以锻炼我们的身体。因此，我认为青年时期最好是少讲舒适享受，而是多去找一些苦吃。工作时，主动到最困难的岗位上去，去农村，去基层，去边疆，不要企求风平浪静的生活；学习时，要去攻破最难攻的堡垒。这样来锻炼自己，就会成长得更快。

青年人要勇于和一切不良倾向作斗争。

毛主席说："一个共产党员，应该是襟怀坦白，忠实，积极，以革命利益为第一生命，以个人利益服从革命利益；无论何时何地，坚持正确的原则，同一切不正确的思想和行为作不疲倦的斗争，……"（《反对自由主义》）共产党员应该是这样，共青团员和每个革命青年也应当这样要求自己。明明见到损害人民利益的事，不去进行斗争而听之任之，就不是真正的革命者，也不是真正有志气的人。

对不良倾向作斗争是需要勇气的，没有勇气就斗争不起来。所谓勇气，就是要不怕得罪人，不怕牺牲某些个人利益。有些人有时心里明明晓得那些事不对，但嘴里却不讲。怕什么？无非是怕挨批评，怕穿小鞋。当然，有些事还没有搞清楚就冒昧与人抵抗，是不好，对于这些事可以采取保留态度，暂不发表意见；可是，有些已经看清的事，就要大胆讲出自己的意见。

敢想、敢说也是一种斗争。首先要和自己的旧思想作斗争。想，本来是个人脑子里的活动，为什么也不敢呢？就因为打不破旧框框的束缚，思想还没有解放出来，碰到一件事不敢从正面、反面、侧面多去想想。连想都不敢想又怎敢说呢？没有想也就没得说的，没好好想就说，岂不成了信口开河吗？所以敢说还得首先敢想，想通了就说。

敢想、敢说、敢做、敢于与不良倾向斗争，青年人应该有这种勇气。

青年人要吃苦耐劳

中国有句古话：“吃得苦中苦，方为人上人。”想做人上人，是阶级社会中一种向上爬的思想反映。我们是反对做人上人的，但我们却主张要吃苦耐劳，吃得苦中苦，方知甜中甜。没有吃过苦的人，也很难知道什么是真正的甜。有个老工人说得好，他说："我们是吃黄连长大的，今天吃到糖就觉得特别甜；现在的青年是吃蜂蜜长大的，所以吃糖也不觉得多甜。"的确，现在有些青年，对旧社会的生活缺乏体验，对今天美好的生活也感受不深，稍不如意，就有埋怨情绪，埋怨上面没照顾，甚至埋怨我们的工作方向。

我们说，目前生活的确还有一些困难，但我们必须看到整个社会的物质生活是比过去大大提高了，物质生产不是减少而是增多了。那么为什么还会产生某些物资供应不足的情况呢？除了近两年连续遭受特大灾害和某些地区工作上还存在一些缺点外，最根本的原因是现在消费大大增加了。拿粮食来说，过去很多人吃粮食吃得很少。据我看到的举几个例子：

在延安时，有一次军队打仗到横山，村子里有一个贫苦老头，他说他活了一辈子，只吃过两次白面。那时候，不仅是贫雇农吃粮食困难，就是一般中农也吃粮食很少。一九四七年我住在山西临县后甘村，那是一个比较富裕的村，但老百姓每人每年也只能吃到一百三四十斤粮食，我看到他们吃饭时，每人捧着个大碗，碗里尽是稀汤，看不见多少渣子。我问他们一年吃多少盐，他们说每人一年只吃一斤盐，因为他们吃菜很少。去年我到山西，那里平均每人每年可以吃到的粮食，比过去增加一倍或一倍还要多，虽然还不算富裕。

棉布也是这样。现在有人嚷棉布供应量太少。但如果想想旧社会有多少人不穿衣服，和花纱布公司不发生关系。那么，看到今天大小男妇都穿得整齐，很难碰着衣服褴褛的，就不禁要欢舞了。我举几个你们永远看不到而我曾经看到的事：云南、贵州、四川、甘肃等省有的地方，十七八岁的穷家女孩子不穿裤子是常事。要订了婚，女婿家送了布来才开始做衣服。这是我们长征时看见的。

一九四八年，我们从山西到河北平山，路过长城的杨方口。村里人出来看我们的队伍，那时是古历三月，天气还冷，我们穿着棉大衣，但那里孩子们，一丝不挂；妇女们下身穿条缀满补丁的单裤，上身光着，用两根烂布条交叉着护乳。我十分感慨，写了一首诗：

出长城口号杨方，塞外春寒景物荒；

儿裸全身娘护乳，给人温暖只斜阳。

至于睡觉的被子，更谈不上，长征时我看见老百姓家用稻草做的被子，有的用稻草叶织成，比较软，这大概是较讲究的。有一句俗语："出门把门带，防牛吃铺盖。"牛为什么吃铺盖？因为他们的铺盖是用稻草织成的，又没有布套子。这些情形，不是亲眼看到，真是难于相信。

现在怎样？人民生活比以前好多了，生活水平提高得很快。旧社会的小康之家，也没有达到我们今天的一般生活水平。当然目前物资有限，还不能充分满足人们的需要，于是有些人就叫嚷，说现在买东西不方便。不方便，一方是还说明物资有限，另一方是说明人人都买得起。青年人不要不明情况跟着乱喊。要回忆、要对比。老一辈人那样的困难我们已没有了，今天这一点子困难还吃不了吗？

我们吃苦耐劳，并非对艰苦抱消极忍耐的态度，而是要采取积极奋斗的态度。一方面要认清现在生活比过去好得多了；另一方面还要继续艰苦奋斗，不要满足现状。即使到了将来生产高度发展，物资极大丰富的时候，我们也不能停步，还要继续向前发展。青年人在生活享受上要和艰苦的老一辈比，和现在还艰苦的人比，而在事业上要永不满足，要和比自己强的比，要创造最美好的理想的社会，不仅要弥补老一辈人的缺陷，而且要为更后一辈人奠定更坚实的基础。

青年人要努力学习

“做到老学不了”这句话在我们年老的人另有一层意义，就是年力衰退，真的“学不了”了，悔年轻力壮的时候没有好好学习。因而很希望现在年轻人——像你们，切不要辜负目前的大好光阴。列宁说过：青年的任务是学习、学习、再学习。毛主席教导青年要身体好、学习好、工作好。青年一代将来要领导国家，不学好本领怎么行？所以青年人要努力学习。怎么学呢？据我体会，要真正学到东西，有下面三点：

第一，学习必须联系实际。现在大家都在学习毛主席著作，毛主席思想是实事求是的最高典范。我们要学习毛主席的思想，也必须实事求是。毛主席的一切著作都是从实际中来的，因之，我们学习时就不能书上怎么说我就怎么说，照本宣读地学几条条文，而应该是学哪篇文章，就要联系它当时的实际，去体察主席的思想是怎么从实际中产生的。比如学习《毛泽东选集》第四卷中阐述主席军事思想的文章时，就得了解那时战争的形势，敌人军队的情况和我军的情况，这样才能真正领会主席在当时为什么要作出那样的决定。这是联系实际学习的一个方面；另一方面，学习毛主席著作还要把主席思想运用到今天的实际生活中去，去试验、去证实、去领会主席思想的正确性，体会主席思想到底好在哪里。只有这样才能真正把主席思想学到手。学习其他理论也应该如此。

第二，要善于从经验教训中学习。每个人的一生中，总会有许许多多经验教训的，这些经验教训都可以作为自己学习的借鉴。比如学写文章，我有一次很重要的教训。那就是一九三三年，我初到江西苏区给毛主席当秘书。起草两份通知，主席把我写的都删改掉了，一个字也未留。我想，我弄笔杆子多年了，为什么这样的文章都写不好呢？我问主席，主席很和蔼地望了我一阵，只讲了一句："你学吧！"这句话给我启发很大，我认识到现在的文章不是过去的文章，我过去的文章都是写给知识分子看的，要讲些不着边际的道理，越是别人看不懂，就越表示自己的学问深。现在是写给工人农民看的。许多工人农民不识字，要念起来他们都能听懂。讲的什么事就是什么事，要解决他们的问题，一句话也不可弄玄虚。以后，我就注意向毛主席的文风学习。当然，直到现在我还学得很不够。这个教训，对你们做记者工作的人有用处，对学习其他学科的人也很有用的。

第三，学习不仅要广，还要精，要真正打中自己的要害。常常听到有些青年人说，自己读了不少书，可是收效不大。其实我觉得读成堆成堆的书，当然有好处，但必须真正能够抓住要领，落实在一点上，真正把这一点学懂了，学透了，那么正如古人说的，可以“终身受用不尽”。青年人要多看点书，要广泛吸取知识，特别是要学好语文、数学等基础知识，但是要注意让知识在自己头脑里消化。把书本上学到的知识，通过自己的思考，并通过自己的行为，使它变成为自己的东西。学和行本来是有机联系着的，学了必须想，想通了就要行，要在行的当中才能看出自己是否真正学到了手。否则读书虽多，只是成为一座死书库。这种学习对于提高我们建设社会主义的本领没有多大好处。

以上说的并不完全，只是我对青年同志们的一点希望。

科学的人生观

胡适

今天讲的题目，就是《科学的人生观》，研究人是什么东西？在宇宙中占据什么地位？人生究竟有何意味？因为少年人近来觉得很烦闷，自杀、颓废的都有，我比较至少多吃了几斤盐、几担米，所以来计划计划，研究自身人的问题。至于人生观，各人不同，都随环境而改变，不可以一个人生观去统理一切；因为公有公理，婆有婆理，我们至少要以科学的立场，去研究它，解决它。“科学的人生观”有二个意思：第一拿科学做人生观的基础；第二拿科学的态度、精神、方法，做我们生活的态度，生活的方法。

现在先讲第一点，就是人生是什么？人生是啥物事？拿科学的研究结果来讲，我在民国十二年发表了十条，这十条就是武昌有一个主教，称为新的十诫，说我是中华基督教的危险物的。十条内容如下：

一、要知道空间的大。拿天文、物理考察，得着宇宙之大；从前孙行者翻筋斗，一翻翻到南天门，一翻翻到下界，天的观念，何等的小？现在从地球到银河中间的最近的一个星，中间距离，照孙行者一秒钟翻十万八千里的速率计算，恐怕翻一万万年也翻不到，宇宙是何等之大？地球是宇宙间的沧海之一粟，九牛之一毛；我们人类，更是小，真是不成东西的东西！以前看得人的地位太重了，以为是万物之灵，同大地并行，凡是政治不良，就有彗星、地震的征象，这是错的。从前王充很能见得到，说："一个虱子不能改变那裤子里的空气，和那人类不能改变皇天一样。"所以我们眼光要大。

二、时间是无穷的长。从地质学、生物学的研究，晓得时间是无穷的长，以前开口五千年，闭口五千年，以为目空一切；不料世界太阳系的存在，有几万万年的历史，地球也有几万万年，生物至少有几千万年，人类也有二三百万年，所以五千年占据很小的地位。明白了时间之长，就可以看见各种进步的演变，不是上帝一刻可以造成的。

三、宇宙间自然的行动。根据了一切科学，知道宇宙、万物都有一定不变的自然行动。“自是自己，然是如此”，就是自己自然如此，各物自己如此地动，并没有一种背后的指示，或是一个主宰去规范他们。明白了这点，对于月蚀是月亮被天狗所吞的种种迷信，可以打破了。

四、物竞天择的原理。从生物学的智识，可以看到物竞天择的原理。鲫鱼下卵有几百万个，但是变鱼的只有几个；否则就要变成“鱼世界”了！大的吃小的，小的吃又小的，人类都是如此，从此晓得人生不受安排，是自己如此的行动；否则要安排起来，为什么不安排一个完善的世界呢？

五、人是什么东西。从社会学、生理学、心理学方面去看，人是什么东西？吴稚晖先生说：“人是两手一个大脑的动物，与其他的不同，只在程度上的区别罢了。”人类的手，与鸡、鸭的掌差不多，实是它们的弟兄辈。

六、人类是演进的。根据了人种学来看，人类是演进的；因为要应付环境，所以要慢慢地变；不变不能生存，要灭亡了。所以从下等的动物，慢慢演进到高等的动物，现在还是演进。

七、心理受因果律的支配。根据了心理学、生物学来讲，心理现状是有因果律的。思想、做梦，都受因果律的支配，是心理、生理的现象，和头痛一般；所以人的心理说是超过一切，是不对的。

八、道德、礼教的变迁。照生理学、社会学来讲，人类道德、礼教也变迁的。以前以为脚小是美观，但是现在脚小要装大了。所以道德、礼教的观念，正在改进。以二十年、二百年或二千年以前的标准，来判断二十年、二百年、二千年后的状况，是格格不相入的。

九、各物都有反应。照物理、化学来讲，物质是活的，原子分为电子，是动的。石头倘然加了化学品，就有反应，像人打了一记，就有反动一样。不同的，只在程度不同罢了。

十、人的不朽。根据一切科学智识，人是要死的，物质上的腐败，和猫死狗死一般。但是个人不朽的工作，是功德：在立德，立功，立言。善恶都是不朽。一块痰中，有微生物，这菌能散布到空间，使空气都恶化了；人的言语，也是一样。凡是功业、思想，都能传之无穷；匹夫匹妇，都有其不朽的存在。

我们要看破了世间、时间之伟大，历史的无穷，人是最小的动物，处处都在演进，要去掉那小我的主张，但是那小小的人类，居然现在对于制度、政治各种都有进步。

以前都是拿科学去答复一切，现在要用什么方法去解决人生，就是哪样生活。各人有各人的方法，但是，至少要有那科学的方法、精神、态度去做。分四点来讲：

一、怀疑。第一点是怀疑。三个弗相信的态度，人生问题就很多。有了怀疑的态度，就不会上当。以前我们幼时的智识，都从阿狗、阿金、阿毛等黄包车夫、娘姨处学来；但是现在自己要反省，问问以前的智识是否靠得住？……

二、事实。吾们要实事求是，现在像贴贴标语，什么打倒田中义一等，都仅务虚名，像豆腐店里生意不好，看看“对我生财”泄闷一样。又像是以前的画符，一画符病就好的思想。贴了打倒帝国主义，帝国主义就真个打倒了吗？这不对，我们应做切实的工作，奋力地做去。

三、证据。怀疑以后，相信总要相信，但是相信的条件，就是拿凭据来。有了这一句，论理学诸书，都可以不读。赫胥黎的儿子死了以后，宗教家去劝他进教，但是他很坚决地说：“拿有上帝的证据来。”有了这种态度，就不会上当。

四、真理。朝夕地去求真理，不一定要成功，因为真理无穷，宇宙无穷；我们去寻求，是尽一点责任，希望在总分上，加上万万分之一。胜固是可喜，败也不足忧。明知赛跑，只有一个人第一，我们还要跑去，不是为我为私，是为大家。发明不是为发财，是为人类。英国有一个医生，发明了一种治肺的药。但是因为自秘，就被医学会开除了。

所以科学家是为求真理。庄子虽有“吾生也有涯，而知也无涯，以有涯逐无涯，殆已”的话头，但是我们还要向上做去，得一分就是一分，一寸就是一寸，可以有亚基米特氏①发现浮力时叫Eureka的快活。有了这种精神，做人就不会失望。所以人生的意味，全靠你自己的工作；你要它圆就圆，方就方，是有意味；因为真理无穷，趣味无穷，进步快活也无穷尽！

① 今译作“阿基米德”。

我在北京大学的经历

蔡元培

北京大学的名称，是从民国元年起的；民元以前，名为京师大学堂，包有师范馆、仕学馆等，而译学馆亦为其一部。我在民元前六年，曾任译学馆教员，讲授国文及西洋史，是为我在北大服务之第一次。

民国元年，我长教育部，对于大学有特别注意的几点：一、大学设法、商等科的，必设文科；设医、农、工等科的，必设理科。二、大学应设大学院（即今研究院）为教授、留校的毕业生与高级学生研究的机关。三、暂定国立大学五所，于北京大学外，再筹办大学各一所于南京、汉口、四川、广州等处。（尔时想不到后来各省均有办大学的能力。）四、因各省的高等学堂，本仿日本制，为大学预备科，但程度不齐，于入大学时发生困难，乃废止高等学堂，于大学中设预科。（此点后来为胡适之先生等所非难，因各省既不设高等学堂，就没有一个荟萃较高学者的机关，文化不免落后；但自各省竞设大学后，就不必顾虑了。）

是年，政府任严幼陵君为北京大学校长；两年后，严君辞职，改任马相伯君；不久，马君又辞，改任何锡侯君，不久又辞，乃以工科学长胡次珊君代理。民国五年冬，我在法国，接教育部电，促回国，任北大校长。我回来，初到上海，友人中劝不必就职的颇多，说北大太腐败，进去了，若不能整顿，反于自己的声名有碍；这当然是出于爱我的意思。但也有少数的说，既然知道他腐败，更应进去整顿，就是失败，也算尽了心；这也是爱人以德的说法。我到底服从后说，进北京。

我到京后，先访医专校长汤尔和君，问北大情形。他说："文科、预科的情形，可问沈尹默君；理工科的情形，可问夏浮筠君。"汤君又说："文科学长如未定，可请陈仲甫君；陈君现改名独秀，主编《新青年》杂志，确可为青年的指导者。"因取《新青年》十余本示我。我对于陈君，本来有一种不忘的印象，就是我与刘申叔君同在《警钟日报》服务时，刘君语我："有一种在芜湖发行之白话报，发起的若干人，都因困苦及危险而散去了，陈仲甫一个人又支持了好几个月。"现在听汤君的话，又翻阅了《新青年》，决意聘他。从汤君处探知陈君寓在前门外一旅馆，我即往访，与之订定。于是陈君来北大任文科学长，而夏君原任理科学长，沈君亦原任教授，一仍旧贯；乃相与商定整顿北大的办法，次第执行。

我们第一要改革的，是学生的观念。我在译学馆的时候，就知道北京学生的习惯。他们平日对于学问上并没有什么兴会，只要年限满后，可以得到一张毕业文凭。教员是自己不用功的，把第一次的讲义，照样印出来，按期分散给学生，在讲坛上读一遍，学生觉得没有趣味，或瞌睡，或看看杂书，下课时，把讲义带回去，堆在书架上。等到学期、学年或毕业的考试，教员认真的，学生就拼命地连夜阅读讲义，只要把考试对付过去，就永远不再去翻一翻了。要是教员通融一点，学生就先期要求教员告知他要出的题目，至少要求表示一个出题目的范围；教员为避免学生的怀恨与顾全自身的体面起见，往往把题目或范围告知他们了。于是他们不用功的习惯，得了一个保障了。尤其北京大学的学生，是从京师大学堂老爷式学生嬗继下来（初办时所收学生，都是京官，所以学生都被称为老爷，而监督及教员都被称为中堂或大人）。他们的目的，不但在毕业，而尤注重在毕业以后的出路。所以专门研究学术的教员，他们不见得欢迎；要是点名时认真一点，考试时严格一点，他们就借个话头反对他，虽罢课也所不惜。若是一位在政府有地位的人来兼课，虽时时请假，他们还是欢迎得很；因为毕业后可以有阔老师做靠山。这种科举时代遗留下来的劣根性，是于求学上很有妨碍的。所以我到校后第一次演说，就说明："大学学生，当以研究学术为天职，不当以大学为升官发财之阶梯。”然而要打破这些习惯，只有从聘请积学而热心的教员着手。

那时候因《新青年》上文学革命的鼓吹，而我们认识留美的胡适之君，他回国后，即请到北大任教授。胡君真是“旧学邃密”而且“新知深沉”的一个人，所以一方面与沈尹默、兼士兄弟，钱玄同，马幼渔，刘半农诸君以新方法整理国故，一方面整理英文系；因胡君之介绍而请到的好教员，颇不少。

我素信学术上的派别，是相对的，不是绝对的；所以每一种学科的教员，即使主张不同，若都是“言之成理、持之有故”的，就让他们并存，令学生有自由选择的余地。最明白的，是胡适之君与钱玄同君等绝对的提倡白话文学，而刘申叔、黄季刚诸君仍极端维护文言的文学；那时候就让他们并存。我信为应用起见，白话文必要盛行，我也常常作白话文，也替白话文鼓吹；然而我也声明：作美术文，用白话也好，用文言也好。例如我们写字，为应用起见，自然要写行楷，若如江艮庭君的用篆隶写药方，当然不可；若是为人写斗方或屏联，作装饰品，即写篆隶章草，有何不可？

那时候各科都有几个外国教员，都是托中国驻外使馆或外国驻华使馆介绍的，学问未必都好，而来校既久，看了中国教员的阑珊，也跟了阑珊起来。我们斟酌了一番，辞退几人，都按着合同上的条件办的。有一法国教员要控告我；有一英国教习竟要求英国驻华公使朱尔典来同我谈判，我不答应。朱尔典出去后，说："蔡元培是不要再做校长的了。"我也一笑置之。

我从前在教育部时，为了各省高等学堂程度不齐，故改为各大学直接的预科；不意北大的预科，因历年校长的放任与预科学长的误会，竟演成独立的状态。那时候预科中受了教会学校的影响，完全偏重英语及体育两方面，其他科学比较的落后；毕业后若直升本科，发生困难。预科中竟自设了一个预科大学的名义，信笺上亦写此等字样。于是不能不加以改革，使预科直接受本科学长的管理，不再设预科学长；预科中主要的教课，均由本科教员兼任。

我没有本校与他校的界限，常为之通盘打算，求其合理化。是时北大设文、理、工、法、商五科，而北洋大学亦有工、法两科；北京又有一工业专门学校，都是国立的。我以为无此重复的必要，主张以北大的工科并入北洋，而北洋之法科，刻期停办。得北洋大学校长同意及教育部核准，把土木工与矿冶工并到北洋去了。把工科省下来的经费，用在理科上。我本来想把法科与法专并成一科，专授法律，但是没有成功。我觉得那时候的商科，毫无设备，仅有一种普通商业学教课，于是并入法科，使已有的学生毕业后停止。

我那时候有一个理想，以为文、理两科，是农、工、医、药、法、商等应用科学的基础，而这些应用科学的研究时期，仍然要归到文、理两科来。所以文、理两科，必须设各种的研究所；而此两科的教员与毕业生必有若干人是终身在研究所工作，兼任教员，而不愿往别种机关去的。所以完全的大学，当然各科并设，有互相关联的便利。若无此能力，则不妨有一大学专办文、理两科，名为本科，而其他应用各科，可办专科的高等学校，如德、法等国的成例，以表示学与术的区别。因为北大的校舍与经费，决没有兼办各种应用科学的可能，所以想把法律分出去，而编为本科大学；然没有达到目的。

那时候我又有一个理想，以为文、理是不能分科的。例如文科的哲学，必植基于自然科学；而理科学者最后的假定，亦往往牵涉哲学。从前心理学附入哲学，而现在用实验法，应列入理科；教育学与美学，也渐用实验法，有同一趋势。地理学的人文方面，应属文科，而地质、天文等方面属理科。历史学自有史以来，属文科，而推原于地质学的冰期与宇宙生成论，则属于理科。所以把北大的三科界限撤去，而列为十四系，废学长，设系主任。

我素来不赞成董仲舒“罢黜百家，独尊孔氏”的主张。清代教育宗旨有“尊孔”一款，已于民元在教育部宣布教育方针时说他不合用了。到北大后，凡是主张文学革命的人，没有不同时主张思想自由的；因而为外间守旧者所反对。适有赵体孟君以编印明遗老刘应秋先生遗集，贻我一函，属约梁任公、章太炎、林琴南诸君品题；我为分别发函后，林君复函，列举彼对于北大怀疑诸点，我复一函，与他辩。这两函颇可窥见那时候两种不同的见解。

这两函虽仅为文化一方面之攻击与辩护，然北大已成为众矢之的，是无可疑了。越四十余日，而有五四运动。我对于学生运动，素有一种成见，以为学生在学校里面，应以求学为最大目的，不应有何等政治的组织。其有年在二十岁以上，对于政治有特殊兴趣者，可以个人资格参加政治团体，不必牵涉学校。所以民国七年夏间，北京各校学生，曾为外交问题，结队游行，向总统府请愿；当北大学生出发时，我曾力阻他们，他们一定要参与；我因此引咎辞职，经慰留而罢。到八年五月四日，学生又有不签字于巴黎和约与罢免亲日派曹、陆、章的主张，仍以结队游行为表示，我也就不去阻止他们了。他们因愤激的缘故，遂有焚曹汝霖住宅及攒殴章宗祥的事，学生被警厅逮捕者数十人，各校皆有，而北大学生居多数。我与各专门学校的校长向警厅力保，始释放。但被拘的虽已保释，而学生尚抱再接再厉的决心，政府亦且持不做不休的态度。都中宣传政府将明令免我职而以马其昶君任北大校长，我恐若因此增加学生对于政府的纠纷，我个人且将有运动学生保持地位的嫌疑，不可以不速去。乃一面呈政府，引咎辞职，一面秘密出京，时为五月九日。

那时候学生仍每日分队出去演讲，政府逐队逮捕，因人数太多，就把学生都监禁在北大第三院。北京学生受了这样大的压迫，于是引起全国学生的罢课，而且引起各大都会工商界的同情与公愤，将以罢工、罢市为同样之要求。政府知势不可侮，乃释放被逮诸生，决定不签和约，罢免曹、陆、章，于是五四运动之目的完全达到了。

五四运动之目的既达，北京各校的秩序均恢复，独北大因校长辞职问题，又起了多少纠纷。政府曾一度任命胡次珊君继任，而为学生所反对，不能到校；各方面都要我复职。我离校时本预定决不回去；不但为校务的困难，实因校务以外，常常有许多不相干的缠绕，度一种劳而无功的生活，所以启事上有“杀君马者道旁儿；民亦劳止，汔可小休；我欲小休矣”等语。但是隔了几个月，校中的纠纷，仍在非我回校不能解决的状态中，我不得已，乃允回校。回校以前，先发表一文，告北京大学学生及全国学生联合会，告以学生救国，重在专研学术，不可常为救国运动而牺牲。到校后，在全体学生欢迎会演说，说明德国大学学长、校长均每年一换，由教授会公举；校长且由神学、医学、法学、哲学四科之教授轮值；从未生过纠纷，完全是教授治校的成绩。北大此后亦当组成健全的教授会，使学校决不因校长一人的去留而起恐慌。

那时候蒋梦麟君已允来北大共事，请他通盘计划，设立教务、总务两处，及聘任财务等委员会，均以教授为委员。请蒋君任总务长，而顾孟余君任教务长。

北大关于文学、哲学等学系，本来有若干基本教员，自从胡适之君到校后，声应气求，又引进了多数的同志，所以兴会较高一点。预定的自然科学、社会科学、文学、国学四种研究所，只有国学研究所先办起来了。在自然科学与社会科学方面，比较地困难一点。自民国九年起，自然科学诸系，请到了丁巽甫、颜任光、李润章诸君主持物理系，李仲揆君主持地质系。在化学系本有王抚五、陈聘丞、丁庶为诸君，而这时候又增聘程寰西、石蘅青诸君。在生物学系本已有钟宪鬯君在东南、西南各省搜罗动植物标本，有李石曾君讲授学理，而这时候又增聘谭仲逵君。于是整理各系的实验室与图书室，使学生在教员指导之下，切实用功；改造第二院礼堂与庭园，使合于讲演之用。在社会科学方面，请到王雪艇、周鲠生、皮皓白诸君；一面诚意指导提起学生好学的精神，一面广购图书、杂志，给学生以自由考索的工具。丁巽甫君以物理学教授兼预科主任，提高预科程度。于是北大始达到各系平均发展的境界。

我是素来主张男女平等的。九年，有女学生要求进校，以考期已过，姑录为旁听生。及暑假招考，就正式招收女生。有人问我："兼收女生是新法，为什么不先请教育部核准？"我说："教育部的大学令，并没有专收男生的规定；从前女生不来要求，所以没有女生；现在女生来要求，而程度又够得上，大学就没有拒绝的理。”这是男女同校的开始，后来各大学都兼收女生了。

我是佩服章实斋先生的，那时候国史馆附设在北大，我定了一个计划，分征集、纂辑两股，纂辑股又分通史、民国史两类，均从长编入手，并编历史辞典。聘屠敬山、张蔚西、薛阆仙、童亦韩、徐贻孙诸君分任征集编纂等务。后来政府忽又有国史馆独立一案，别行组织。于是张君所编的民国史，薛、童、徐诸君所编的辞典，均因篇帙无多，视同废纸；只有屠君在馆中仍编他的蒙兀儿史，躬自保存，没有散失。

我本来很注意于美育的，北大有美学及美术史教课，除中国美术史由叶浩吾君讲授外，没有人肯讲美学。十年，我讲了十余次，因足疾进医院停止。至于美育的设备，曾设书法研究会，请沈尹默、马叔平诸君主持；设画法研究会，请贺履之、汤定之诸君教授国画，比国楷次君教授油画；设音乐研究会，请萧友梅君主持；均听学生自由选习。

我在爱国学社时，曾断发而习兵操。对于北大学生之愿受军事训练的，常特别助成；曾集这些学生，编成学生军，聘白雄远君任教练之责，亦请蒋百里、黄膺白诸君到场演讲。白君勤恳而有恒，历十年如一日，实为难得的军人。

我在九年的冬季，曾往欧美考察高等教育状况，历一年回来。这期间的校长任务，是由总务长蒋君代表的。回国以后，看北京政府的情形，日坏一日，我处在与政府常有接触的地位，日想脱离。十一年冬，财政总长罗钧任君忽以金佛郎问题被逮，释放后，又因教育总长彭允彝君提议，重复收禁。我对于彭君此举，在公议上，认为是蹂躏人权、献媚军阀的勾当；在私情上，罗君是我在北大的同事，而且于考察教育时为最密切的同伴，他的操守，为我所深信，我不免大抱不平。与汤尔和、邵飘萍、蒋梦麟诸君会商，均认有表示的必要。我于是一面递辞呈，一面离京。隔了几个月，贿选总统的布置，渐渐地实现，而要求我回校的代表，还是不绝，我遂于十二年七月间重往欧洲，表示决心；至十五年，始回国。那时候，京津间适有战争，不能回校一看。十六年，国民政府成立，我在大学院，试行大学区制，以北大划入北平大学区范围，于是我的北京大学校长的名义，始得取消。

综计我居北京大学校长的名义，十年有半；而实际在校办事，不过五年有半，一经回忆，不胜惭悚。

大学的意义

梅贻琦

今年吾们欢迎新到校的同学，觉着更有些意义，因为今年新来的一班比往年哪一班的人数都多；还因为当这国家多难的时期，又在一个很有危险性的地域之内，竟有这么多的青年来同吾们做学问，所以吾们这次欢迎诸君亦比欢迎往年新同学的时候，更觉欣慰。

吾们相信一个大学，不必以学生人数的多少征验它的成绩好坏，或是评定它的效率大小，不过在人数还不太多的时候，吾们很愿意尽量的录取，为的是可以多给些青年以求学的机会。所以既本着这个意思，又因为北平几校今夏不招考，吾们这次录取的人数不只是多，实是逾量的多了。吾们那时是鉴于往年录取新生，总有数十人不到校，所以按照宿舍现有容量，多加了二成，作为新生名额，万一诸君到校的超乎吾们所计算的人数之外，吾们当然不能拒绝，不过宿舍一切，大家都要多挤些，暂时从权些才好。

诸君大部分是由中学毕业出来的，一小部分是由别的大学转来的。大学与中学的办法不同；就是同是大学，各校的政策、风气亦有很多不同之点。本校的历史与本校的方针计划不久可以有机会与诸君谈谈，现在当诸君初入这个校园的时候，吾有几句话愿意先同诸位说一说：

一、诸君由中学出来再入一个大学，想研究些高深学术，这个志向是可贵的。诸君入了大学，还要父兄供给四年的费用，这件事在今日，就大多数而论是很不容易的；况且就今年说，诸君每一个人考取了，便有六七个未曾取上，这个机会亦算是难得的。那么诸君到校之后，千万要抱定这个志向，努力用功，不要让这个好机会轻轻错过。清华在中国可以算是一个较好的大学，固然它的不完备的地方，亦还很多，诸君到这里，吾们盼望不必太注意风景的良好、食住的舒适。诸君要多注意在吾们为诸君求学的设备，并能将这个机会充分地利用。

二、清华的风气向来是纯净好学的，这亦可以说是因为地势处在乡间，少受城市里的牵动，其实大原因还是在本校师生一向注重学问，顾全大局，所以虽亦经过几次风波，大家的学业未曾间断，这是在国内今日很难得的现象。但是一个学校的风气养成很难，破坏却很容易，诸君现在已是清华一分子，在今后四年内，诸君的行动要影响到清华风气的转移的一定不少，吾们盼望诸君能爱护它，保持它，改良它。吾说“改良”，因为吾们知道还有许多地方是不整齐，或是大家还没有十分注意的。在一个大团体里虽是很小的事（在一个人独居的时候，很不必注意的），倘若随便起来，也许发生很坏的影响。所以如同宿舍的安静，食堂的整洁，以及图书馆的秩序，虽都是课外的问题，亦于大家的精神上很有关系，为公众利益起见，各个人都应当特别注意。

三、吾们在今日讲学问，如果完全离开人民社会的问题，实在太空泛了，在现在国家处于内忧外患紧迫的情形之下，特别是热血的青年们，怎能不关心？怎能不着急？但是只有热心是不能于国家有真正补助的。诸君到学校来正是为从学问里研求拯救国家的方法，同时使个人受一种专门服务的训练，那么在这个时期内，诸君要拿出恳求的精神，切实去研究。思想要独立，态度要谦虚，不要盲从，不要躁进，吾们以前吃亏的地方，多半是由于事实没认清楚，拿半熟的主义去做试验，仿佛吃半熟的果子，不但于身体无益处，反倒肚子痛。古人有一句话说："七年之病，求三年之艾，苟为不畜，终身不得。"这个意思，吾们可以引用。就是吾们要解决的中国的大问题，并不是一两月或一两年的事，虽然是急难当前，吾们青年人还是要安心耐性，脚踏实地一步一步去探讨。如果四年之后，诸君每人能得到一种学识或技能，在社会上成一有用人才，可以帮助国家解决一部分的困难，诸君才算对得起自己，对得起社会，这亦就是吾们向诸君所最希望的。

论自己

朱自清

翻开辞典，“自”字下排列着数目可观的成语，这些“自”字多指自己而言。这中间包括着一大堆哲学，一大堆道德，一大堆诗文和废话，一大堆人，一大堆我，一大堆悲喜剧。自己“真乃天下第一英雄好汉”，有这么些可说的，值得说值不得说的！难怪纽约电话公司研究电话里最常用的字，在五百次通话中会发现三千九百九十次的“我”。这“我”字便是自己称自己的声音，自己给自己的名。

自爱自怜！真是天下第一英雄好汉也难免的，何况区区寻常人！冷眼看去，也许只觉得那枉自尊大狂妄得可笑；可是这只见了真理的一半。掉过脸来，自爱自怜确也有不得不自爱自怜的。幼小时候有父母爱怜你，特别是有母亲爱怜你。到了长大成人，“娶了媳妇忘了娘”，娘这样看时就不必再爱怜你，至少不必再像当年那样爱怜你。——女的呢，“嫁出门的女儿，泼出去的水”；做母亲的虽然未必这样看，可是形格势禁而且鞭长莫及，就是爱怜得着，也只算找补点罢了。爱人该爱怜你？然而爱人们的嘴一例是甜蜜的，谁能说“你泥中有我，我泥中有你！”真有那么回事？赶到爱人变了太太，再生了孩子，你算成了家，太太得管家管孩子，更不能一心爱怜你。你有时候会病，“久病床前无孝子”，太太怕也够倦的，够烦的。住医院？好，假如有运气住到像当年北平协和医院样的医院里去，倒是比家里强得多。但是护士们看护你，是服务，是工作；也许夹上点爱怜在里头，那是“好生之德”，不是爱怜你，是爱怜“人类”。——你又不能老待在家里，一离开家，怎么着也算“作客”；那时候更没有爱怜你的。可以有朋友招呼你；但朋友有朋友的事，哪能教他将心常放在你身上？可以有属员或仆役伺候你，那——说得上是爱怜吗？总而言之，天下第一爱怜自己的，只有自己；自爱自怜的道理就在这儿。

再说，“大丈夫不受人怜。”穷有穷干，苦有苦干；世界那么大，凭自己的身手，哪儿就打不开一条路？何必老是向人愁眉苦脸唉声叹气的！愁眉苦脸不顺耳，别人会来爱怜你？自己免不了伤心的事，咬紧牙关忍着，等些日子，等些年月，会平静下去的。说说也无妨，只别不拣时候不看地方老是向人叨叨，叨叨得谁也不耐烦地岔开你或者躲开你。也别怨天怨地地将一大堆感叹的句子向人身上扔过去。你怨的是天地，倒碍不着别人，只怕别人奇怪你的火气怎么这样大。——自己也免不了吃别人的亏。值不得计较的，不作声吞下肚去。出入大的想法子复仇，力量不够，卧薪尝胆地准备着。可别这儿那儿尽嚷嚷——嚷嚷完了一扔开，倒便宜了那欺负你的人。“好汉胳膊折了往袖子里藏”，为的是不在人面前露怯相，要人爱怜这“苦人儿”似的，这是要强，不是装。说也怪，不受人怜的人倒是能得人怜的人；要强的人总是最能自爱自怜的人。

大丈夫也罢，小丈夫也罢，自己其实是渺乎其小的，整个儿人类只是一个小圆球上一些碳水化合物，像现代一位哲学家说的，别提一个人的自己了。庄子所谓马体一毛，其实还是放大了看的。英国有一家报纸登过一幅漫画，画着一个人，仿佛在一间铺子里，周遭陈列着从他身体里分析出来的各种元素，每种标明分量和价目，总数是五先令——那时合七元钱。现在物价涨了，怕要合国币一千元了罢？然而，个人的自己也就值区区这一千元！自己这般渺小，不自爱自怜着点又怎么着！然而，“顶天立地”的是自己，“天地与我并生，万物与我为一”的也是自己；有你说这些大处只是好听的话语，好看的文句？你能愣说这样的自己没有！有这么的自己，岂不更值得自爱自怜的？再说自己的扩大，在一个寻常人的生活里也可见出。且先从小处看。小孩子就爱搜集各国的邮票，正是在扩大自己的世界。从前有人劝学世界语，说是可以和各国人通信。你觉得这话幼稚可笑？可是这未尝不是扩大自己的一个方向。再说这回抗战，许多人都走过了若干地方，增长了若干阅历。特别是青年人身上，你一眼就看出来，他们是和抗战前不同了，他们的自己扩大了。——这样看，自己的小，自己的大，自己的由小而大。在自己都是好的。

自己都觉得自己好，不错；可是自己的确也都爱好。做官的都爱做好官，不过往往只知道爱做自己家里人的好官，自己亲戚朋友的好官；这种好官往往是自己国家的贪官污吏。做盗贼的也都爱做好盗贼——好喽啰，好伙伴，好头儿，可都只在贼窝里。有大好，有小好，有好得这样坏。自己关闭在自己的丁点大的世界里，往往越爱好越坏。所以非扩大自己不可。但是扩大自己得一圈一圈的，得充实，得踏实。别像肥皂泡，一大就裂。“大丈夫能屈能伸”，该屈的得屈点，别只顾伸出自己去。也得估计自己的力量。力量不够的话，“人一能之，己百之，人十能之，己千之”；得寸是寸，得尺是尺。总之路是有的。

看得远，想得远，把得稳；自己是世界的时代的一环，别脱了节才真算好。力量怎样微弱，可是是自己的。相信自己，靠自己，随时随地尽自己的一份往最好里做去，让自己活得有意思，一时一刻一分一秒都有意思。这么着，自爱自怜才真是有道理的。

时间即生命

梁实秋

最令人触目惊心的一件事，是看着钟表上的秒针一下一下地移动，每移动一下就是表示我们的寿命已经缩短了一部分。再看看墙上挂着的可以一张张撕下的日历，每天撕下一张就是表示我们的寿命又缩短了一天。因为时间即生命。没有人不爱惜他的生命，但很少人珍视他的时间。如果想在有生之年做一点什么事，学一点什么学问，充实自己，帮助别人，使生命成为有意义，不虚此生，那么就不可浪费光阴。这道理人人都懂，可是很少人真能积极不懈地善为利用他的时间。

我自己就是浪费了很多时间的一个人。我不打麻将，我不经常地听戏看电影，几年中难得一次，我不长时间看电视，通常只看半小时，我也不串门子闲聊天。有人问我：“那么你大部分时间都做了些什么呢？”我痛自反省，我发现，除了职务上的必须及人情上所不能免的活动之外，我的时间大部分都浪费了。我应该集中精力，读我所未读过的书，我应该利用所有时间，写我所要写的东西，但是我没能这样做。我的好多的时间都糊里糊涂地混过去了，“少壮不努力，老大徒伤悲”。

例如我翻译莎士比亚，本来计划于课余之暇每年翻译两部，二十年即可完成，但是我用了三十年，主要的原因是懒。翻译之所以完成，主要的是因为活得相当长久，十分惊险。翻译完成之后，虽然仍有工作计划，但体力渐衰，有力不从心之感。假使年轻的时候鞭策自己，如今当有较好或较多的表现。然而悔之晚矣。

再例如，作为一个中国人，经书不可不读。我年过三十才知道读书自修的重要。我披阅，我圈点，但是恒心不足，时作时辍。五十以学易，可以无大过矣，我如今年过八十，还没有接触过《易经》，说来惭愧。史书也很重要。我出国留学的时候，父亲买了一套同文石印的前四史，塞满了我的行箧的一半空间，我在外国混了几年之后又把前四史原封带回来了。直到四十年后才鼓起勇气读了“通鉴”一遍。现在我要读的书太多，深感时间有限。

无论做什么事，健康的身体是基本条件。我在学校读书的时候，有所谓“强迫运动”，我踢破过几双球鞋，打断过几只球拍，因此侥幸维持下来最低限度的体力。老来打过几年太极拳，目前则以散步活动筋骨而已，寄语年轻朋友，千万要持之以恒地从事运动，这不是嬉戏，不是浪费时间。健康的身体是做人做事的真正的本钱。

给我的孩子们

丰子恺

我的孩子们！我憧憬于你们的生活，每天不止一次！我想委曲地说出来，使你们自己晓得。可惜到你们懂得我的话的意思的时候，你们将不复是可以使我憧憬的人了。这是何等可悲哀的事啊！

瞻瞻！你尤其可佩服。你是身心全部公开的真人。你什么事体都像拼命地用全副精力去对付。小小的失意，像花生米翻落地了，自己嚼了舌头了，小猫不肯吃糕了，你都要哭得嘴唇翻白，昏去一两分钟。外婆普陀去烧香买回来给你的泥人，你何等鞠躬尽瘁地抱他，喂他；有一天你自己失手把他打破了，你的号哭的悲哀，比大人们的破产，失恋，broken heart（心碎），丧考妣，全军覆没的悲哀都要真切。两把芭蕉扇做的脚踏车，麻雀牌堆成的火车，汽车，你何等认真地看待，挺直了嗓子叫“汪——”“咕咕咕……”，来代替汽笛。宝姐姐讲故事给你听，说到“月亮姐姐挂下一只篮来，宝姐姐坐在篮里吊了上去，瞻瞻在下面看”的时候，你何等激昂地同她争，说“瞻瞻要上去，宝姐姐在下面看！”甚至哭到漫姑面前去求审判。我每次剃了头，你真心地疑我变了和尚，好几时不要我抱。最是今年夏天，你坐在我膝上发现了我腋下的长毛，当作黄鼠狼的时候，你何等伤心，你立刻从我身上爬下去，起初眼瞪瞪地对我端相，继而大失所望地号哭，看看，哭哭，如同对被判定了死罪的亲友一样。你要我抱你到车站里去，多多益善地要买香蕉，满满地擒了两手回来，回到门口时你已经熟睡在我的肩上，手里的香蕉不知落在哪里去了。这是何等可佩服的真率，自然，与热情！大人间的所谓“沉默”“含蓄”“深刻”的美德，比起你来，全是不自然的，病的，伪的！

你们每天做火车，做汽车，办酒，请菩萨，堆六面画，唱歌，全是自动的，创造创作的生活。大人们的呼号“归自然！”“生活的艺术化！”“劳动的艺术化！”在你们面前真是出丑得很了！依样画几笔画，写几篇文的人称为艺术家，创作家，对你们更要愧死！

你们的创作力，比大人真是强盛得多哩：瞻瞻！你的身体不及椅子的一半，却常常要搬动它，与它一同翻倒在地上；你又要把一杯茶横转来藏在抽斗里，要皮球停在壁上，要拉住火车的尾巴，要月亮出来，要天停止下雨。在这等小小的事件中，明明表示着你们的弱小的体力与智力不足以应付强盛的创作欲、表现欲的驱使，因而遭逢失败。然而你们是不受大自然的支配，不受人类社会的束缚的创造者，所以你的遭逢失败，例如火车尾巴拉不住，月亮呼不出来的时候，你们决不承认是事实的不可能，总以为是爹爹妈妈不肯帮你们办到，同不许你们弄自鸣钟同例，所以愤愤地哭了，你们的世界何等广大！

你们一定想：终天无聊地伏在案上弄笔的爸爸，终天闷闷地坐在窗下弄引线的妈妈，是何等无气性的奇怪的动物！你们所视为奇怪动物的我与你们的母亲，有时确实难为了你们，摧残了你们，回想起来，真是不安心得很！

阿宝！有一晚你拿软软的新鞋子，和自己脚上脱下来的鞋子，给凳子的脚穿了，刬袜立在地上，得意地叫"阿宝两只脚，凳子四只脚"的时候，你母亲喊着"龌龊了袜子！"立刻擒你到藤榻上，动手毁坏你的创作。当你蹲在榻上注视你母亲动手毁坏的时候，你的小心里一定感到"母亲这种人，何等杀风景而野蛮"吧！

瞻瞻！有一天开明书店送了几册新出版的毛边的《音乐入门》来。我用小刀把书页一张一张地裁开来，你侧着头，站在桌边默默地看。后来我从学校回来，你已经在我的书架上拿了一本连史纸印的中国装的《楚辞》，把它裁破了十几页，得意地对我说："爸爸！瞻瞻也会裁了！"瞻瞻！这在你原是何等成功的欢喜，何等得意的作品！却被我一个惊骇的"哼！"字喊得你哭了。那时候你也一定抱怨“爸爸何等不明”吧！

软软！你常常要弄我的长锋羊毫，我看见了总是无情地夺脱你。现在你一定轻视我，想道：“你终于要我画你的画集的封面！”

最不安心的，是有时我还要拉一个你们所最怕的陆露沙医生来，教他用他的大手来摸你们的肚子，甚至用刀来在你们臂上割几下，还要教妈妈和漫姑擒住了你们的手脚，捏住了你们的鼻子，把很苦的水灌到你们的嘴里去。这在你们一定认为是太无人道的野蛮举动吧！

孩子们！你们果真抱怨我，我倒欢喜；到你们的抱怨变为感激的时候，我的悲哀来了！

我在世间，永没有逢到像你们样出肺肝相示的人。世间的人群结合，永没有像你们样的彻底地真实而纯洁。最是我到上海去干了无聊的所谓“事”回来，或者去同不相干的人们做了叫作“上课”的一种把戏回来，你们在门口或车站旁等我的时候，我心中何等惭愧又欢喜！惭愧我为什么去做这等无聊的事，欢喜我又得暂时放怀一切地加入你们的真生活的团体。

但是，你们的黄金时代有限，现实终于要暴露的。这是我经验过来的情形，也是大人们谁也经验过的情形。我眼看见儿时的伴侣中的英雄，好汉，一个个退缩，顺从，妥协，屈服起来，到像绵羊的地步。我自己也是如此。“后之视今，亦犹今之视昔”，你们不久也要走这条路呢！

我的孩子们！憧憬于你们的生活的我，痴心要为你们永远挽留这黄金时代在这册子里。然这真不过像“蜘蛛网落花”略微保留一点春的痕迹而已。且到你们懂得我这片心情的时候，你们早已不是这样的人，我的画在世间已无可印证了！这是何等可悲哀的事啊！

又是一年芳草绿

老舍

悲观有一样好处，它能叫人把事情都看轻了一些。这个可也就是我的坏处，它不起劲，不积极。您看我挺爱笑不是？因为我悲观。悲观，所以我不能板起面孔，大喊："孤——刘备！"我不能这样。一想到这样，我就要把自己笑毛咕了。看着别人吹胡子瞪眼睛，我从脊梁沟上发麻，非笑不可。我笑别人，因为我看不起自己。别人笑我，我觉得应该；说得天好，我不过是脸上平润一点的猴子。我笑别人，往往招人不愿意；不是别人的量小，而是不像我这样稀松，这样悲观。

我打不起精神去积极地干，这是我的大毛病。可是我不懒，凡是我该做的我总想把它做了，总算得点报酬养活自己与家里的人——往好了说，尽我的本分。我的悲观还没到想自杀的程度，不能不找点事做。有朝一日非死不可呢，那只好死喽，我有什么法儿呢？

这样，你瞧，我是无大志的人。我不想当皇上。最乐观的人才敢做皇上，我没这份胆气。

有人说我很幽默，不敢当。我不懂什么是幽默。假如一定问我，我只能说我觉得自己可笑，别人也可笑；我不比别人高，别人也不比我高。谁都有缺欠，谁都有可笑的地方。我跟谁都说得来，可是他得愿意跟我说；他一定说他是圣人，叫我三跪九叩报门而进，我没这个瘾。我不教训别人，也不听别人的教训。幽默，据我这么想，不是嬉皮笑脸，死不要鼻子。

也不是怎股子劲儿，我成了个写家。我的朋友德成粮店的写账先生也是写家，我跟他同等，并且管他叫二哥。既是个写家，当然得写了。“风格即人”——还是“风格即驴”？——我是怎个人自然写怎样的文章了。于是有人管我叫幽默的写家。我不以这为荣，也不以这为辱。我写我的。卖得出去呢，多得个三块五块的，买什么吃不香呢。卖不出去呢，拉倒，我早知道指着写文章吃饭是不易的事。

稿子寄出去，有时候是肉包子打狗，一去不回头；连个回信也没有。这，咱只好幽默；多咱见着那个骗子再说，见着他，大概我们俩总有一个笑着去见阎王的。不过，这是不很多见的，要不怎么我还没想自杀呢。常见的事是这个，稿子登出去，酬金就睡着了，睡得还是挺香甜。直到我也睡着了，它忽然来了，仿佛故意吓人玩。数目也惊人，它能使我觉得自己不过值一毛五一斤，比猪肉还便宜呢。这个咱也不说什么，国难期间，大家都得受点苦，人家开铺子的也不容易，掌柜的吃肉，给咱点汤喝，就得念佛。是的，我是不能当皇上，焚书坑掌柜的，咱没那个狠心，你看这个劲儿！不过，有人想坑他们呢，我也不便拦着。

这么一来，可就有许多人看不起我。连好朋友都说："伙计，你也硬正着点，说你是为人类而写作，说你是中国的高尔基；你太泄气了！"真的，我是泄气，我看高尔基的胡子可笑。他老人家那股子自卖自夸的劲儿，打死我也学不来。人类要等着我写文章才变体面了，那恐怕太晚了吧？我老觉得文学是有用的；拉长了说，它比任何东西都有用，都高明。可是往眼前说，它不如一尊高射炮，或一锅饭有用。我不能吆喝我的作品是"人类改造丸"，我也不相信把文学杀死便天下太平。我写就是了。

别人的批评呢？批评是有益处的。我爱批评，它多少给我点益处；即使完全不对，不是还让我笑一笑吗？自己写的时候仿佛是蒸馒头呢，热气腾腾，莫名其妙。及至冷眼人一看，一定看出许多错来。我感谢这种指摘。说的不对呢，那是他的错，不干我的事。我永不驳辩，这似乎是胆小；可是也许是我的宽宏大量。我不便往自己脸上贴金。一件事总得由两面瞧，是不是？

对于我自己的作品，我不拿它们当作宝贝。是呀，当写作的时候，我是卖了力气，我想往好了写。可是一个人的天才与经验是有限的，谁也不敢保了老写得好，连荷马也有打盹的时候。有的人呢，每一拿笔便想到自己是但丁，是莎士比亚。这没有什么不可以的，天才须有自信的心。我可不敢这样，我的悲观使我看轻自己。我常想客观地估量估量自己的才力；这不易做到，我究竟不能像别人看我看得那样清楚；好吧，既不能十分看清楚了自己，也就不用装蒜，谦虚是必要的，可是装蒜也大可以不必。

对做人，我也是这样。我不希望自己是个完人，也不故意地招人家的骂。该求朋友的呢，就求；该给朋友做的呢，就做。做得好不好，咱们大家凭良心。所以我很和气，见着谁都能扯一套。可是，初次见面的人，我可是不大爱说话；特别是见着女人，我简直张不开口，我怕说错了话。在家里，我倒不十分怕太太，可是对别的女人老觉着恐慌，我不大明白妇女的心理；要是信口开河地说，我不定说出什么来呢，而妇女又爱挑眼。男人也有许多爱挑眼的，所以初次见面，我不大愿开口。我最不喜辩论，因为红着脖子粗着筋的太不幽默。我最不喜欢好吹腾的人，可并不拒绝与这样的人谈话；我不爱这样的人，但喜欢听他的吹。最好是听着他吹，吹着吹着连他自己也忘了吹到什么地方去，那才有趣。

可喜的是有好几位生朋友都这么说："没见着阁下的时候，总以为阁下有八十多岁了。敢情阁下并不老。"是的，虽然将奔四十的人，我倒还不老。因为对事轻淡，我心中不大藏着计划，做事也无须要手段，所以我能笑，爱笑；天真的笑多少显着年轻一些。我悲观，但是不愿老声老气地悲观，那近乎"虎事"。我愿意老年轻轻的，死的时候像朵春花将残似的那样哀而不伤。我就怕什么"权威"咧，"大家"咧，"大师"咧，等等老气横秋的字眼。我爱小孩，花草，小猫，小狗，小鱼；这些都不"虎事"。偶尔看见个穿小马褂的"小大人"，我能难受半天，特别是那种所谓聪明的孩子，让我难过。比如说，一群小孩都在那儿看变戏法，我也在那儿，单会有那么一两个七八岁的小老头说："这都是假的！"这叫我立刻走开，心里堵上一大块。世界确是更“文明”了，小孩也懂事懂得早了，可是我还愿意大家傻一点，特别是小孩。假若小猫刚生下来就会捕鼠，我就不再养猫，虽然它也许是个神猫。

我不大爱说自己，这多少近乎“吹”。人是不容易看清楚自己的。不过，刚过完了年，心中还慌着，叫我写“人生于世”，实在写不出，所以就近地拿自己当材料。万一将来我不得已而做了皇上呢，这篇东西也许成为史料，等着瞧吧。